KB118115

아이들까
나온다

악어떼가 나왔다

제10회 문학동네작가상 수상작

안보윤 장편소설

문학동네

차례

하나. 실종

아이가 사라지는 것은 흔한 일이었다.

실장은 엉겁결에 컴퓨터 전원을 꺼버리고 쓴 입맛을 다셨다. 무전 내용이 미아에 대한 건 줄 알았으면 채팅창만 최소화시켜두는 건데. 성의 없이 무전을 받는 실장의 머릿속에, 나 지금 어디까지 벗었게요? 라고 묻던 앳된 글자들이 떠다녔다. 열다섯만 먹어도 계집애들은 어떻게 해야 사내의 바지춤과 지갑이 열리는지 다 안다. 방금 채팅에서 만난 계집애만 해도 그랬다. 실장이 십 년 동안 보안실장을 맡고 있다고 하자 계집애는 냉큼, 나 벗은 거 보고 싶지 않아요? 라고 물어왔다. 물론 실장의 닉네임이 '청와대개구리'라는 것에 혹한 면이 없지 않을 것이다. 하지만 채팅에서까지 굳이 S마트 보안실이라 쓸 필요는 없지 않은가. 계집애만 해도 'C 컵꽃띠'라는 닉네임을 쓰고 있지만 실제로는 갈비뼈가 도드라지지 않을 정도의 가슴만 겨우 붙이고 있을 게 뻔하다. 여자들은 대개 이상한 콤플렉스를 가지고 있어서 간장 종지마냥 솟다 만 젖가슴을 가진 여자일수록 가슴 사이즈에 집착한다. B컵이니 C컵이니 떠들어대는 여자보다 묵묵히 입 다물고 있는 쪽 가슴이 훨씬 더 암팡지다는 걸 실장은 알고 있었다.

실장은 거북의 목처럼 움츠러든 아래를 힐끔거리며 인상을 썼다. 새삼 호들갑을 떨며 무전을 넣은 것은 분명 이달에 들어온 신참일 터였다. 서너 달 묵은 직원들은 어떤 일에 호들갑을 떨어야 하는지 알고 있다. 이를테면 C컵 브래지어가 팔려나가는 속도와 똑같이 사라지는 아이들보다는 느닷없이 매장을 순시하는 S마트 점장의 일에 말이다. 실장은 왼쪽 눈을 애매하게 찌그렸다. 무전 넣은 놈은 일단 주차보안으로 강등이다. 결심이 서고 나서야 실장은 바짓가랑이를 잡아떼며 의자에서 일어섰다.

아이들은 쉽게 사라졌다. 사라지는 것은 쉬운 일이었지만 찾아내는 것은 쉽지 않았다. 더군다나 하루에 몇천만원에서 몇억의 매출을 올리고, 그 매출액만큼 오가는 사람들이 수백 명에 이르는 마트에서는 말할 것도 없었다. 아이들은 무빙벨트를 따라 흘러가듯 사라지기도 하고 팽이버섯처럼 빽빽이 돋은 사람들 옆구리에서 사라지기도 했다. 심지어는 손잡고 걷던 엄마의 앞걸음과 뒷걸음 사이에서도 사라졌다. 실장이 할 수 있는 일은 매장에 안내방송을 내보내거나 대기실에서 아이 부모 푸념을 들어주는 것, 보안카메라나 무전기를 두드리는 것뿐이었다. 생쥐처럼 납작하고 잽싼 아이들은 보안카메라에 잡히지 않았다. 방송을 내보내도 아이를 보호하고 있다든가 어디로 가는 것을 보았다든가 하는 제보는 들어오지 않았다. 도난경보기가 울리지 않는 한 사람들은 누군가를 눈여겨보는 일 따위는 하지 않았고, 아이들은 대개 빈손으로 사라졌다.

　―금방 찾을 수 있을 겁니다. 진정하세요.

　무빙벨트를 타고 4층 보안실로 올라가는 동안 실장은 울고 있는 여자에게 시적거렸다. 여자는 아이 엄마라고 하기엔 지나치게 앳되어 보였다. 동그랗게 틀어올린 머리칼 때문에 드러난 목덜미와 귓불이 솜털로 덮여 보송보송하고 발그레했다. 아이를 찾는 안내방송이 두 번 나왔지만 특별히 방송에 귀 기울이는 사람은 없었다. 그도 그럴 것이 새해맞이 대 바겐세일중이라 마트 전체가 시끌시끌했던 것이다. 상품 홍보하는 소리가 목 쉰 외침과 맹맹한 마이크 울림으로 뒤섞여 마구잡이로 쏟아지고 있었다. 새해맞이 선물세트, 몸에 좋은 올리브유와 참기름 삼 킬로그램, 고급 월계수 잎까지 한 세트에, 남자 아이를 찾습니다, 노란색 상의에 진갈색 바지, 시가 십만원 상당의 홍삼포 세트를 오늘 하루만 파격적인 가격 칠만오천원, 초록색 파카를 입은 두 살 된 남자아이를 찾습니다— 세번째 방송이 흘러나오고 있을 때 여자가 불현듯 소리쳤다.

—악어 문신이 있어요!

실장은 여자의 흰 목덜미를 훔쳐보다가 화들짝 놀라 고개를 돌렸다. 뭐가 있다고요? 제일 처음 무전을 넣었던 보안직원이 여자 곁에 서 있다가 의아한 눈으로 되물었다.

—악어, 악어 문신이 있다구요, 그 아이 배꼽에!

평소 같으면 직접 경찰서로 오라고, 그것도 실종신고가 가능한 24시간 후에 오라고 거드름 피웠을 경찰들이, 연락한 지 십 분도 안 돼 S마트 보안실로 헐레벌떡 달려온 것에 실장은 의아해하고 있었다. 게다가 오른손을 착 올려붙여 여자에게 경례까지 하는 대목에서는 묵지근한 아랫도리에 대한 짜증이 깡그리 날아갈 정도로 놀랐다. 동시에 C컵꽃띠의 팬티 벗기기는 물 건너갔구나 싶어 실장은 끝내 입맛이 썼다. 암만 봐도 옷 잘 차려입은 앳된 여자에 불과한데— 다시 한번 여자를 힐끔거리던 실장은 보안카메라가 뭐 이따위야, 호통치는 소리에 눈을 부릅떴다. S마트 점장이 어느 틈엔지 달려와 실장 정강이를 걷어차고 있었다. 이게 대체 무슨 일이래? 실장의 눈이 휘둥그레졌다.

아이는 보안카메라 어디에도 찍히지 않았다. 녹화테이프에서 확인할 수 있는 것은 여자가 동그랗게 부푼 초록색 덩어리를 양팔로 끌어안고 잡화매장으로 들어가는 모습이 전부였다.

　―우리 아이는 여느 아이들과 달라요. 배꼽 옆에 악어 문신이 있거든요. 그러니까, 찾기 쉬울 거예요.

　여자는 몇 번이나 강조하고 있었지만 그 악어 문신이라는 게 아이의 양 뺨이나 이마에 콱 박혀 있지 않은 이상 그것으로 아이를 찾기는 불가능했다. 배꼽 옆에 있다는 악어 문신을 무슨 수로 확인해보라는 건가. 지나가는 애들을 붙잡고 일일이 배를 까볼 수도 없는 노릇 아닌가. 실장은 혀를 찼다.

　―물론입니다. 악어 문신처럼 특징이 있는 아이는 찾기가 쉽죠. 금방 찾을 겁니다.

　―청장님께서 기다리시니 일단은 본서로 가시죠.

　경찰은 여자를 부축해 나가며 점장을 돌아보았다. 점장은 당장 직원들을 시켜 물품창고까지 샅샅이 뒤져보겠다며 허리를 굽실거렸다. 그러고는 실장의 무전기를 빼앗아 당장 악어 문신 한 아이를 찾아내라고 대뜸 소리부터 질렀다. 직원들이 주춤거리다 주변을 두리번대는 것이 보안실 화면에 비쳤다. 점장이 만족스러운 표정으로 턱을 치켜들었지만 여자와 경찰은 이미 보안실을 나가버린 후였다.

　그로부터 십 분 후, 12인승 경찰승합차 두 대가 S마트 정문 앞에 섰다. 승합차에서 내린 스무 명의 경찰이, 점장의 말마따나 매장에서부터 물품창고까지, S마트를 쥐 잡듯이 훑기 시작했다. 사람들은 계산대 대신 S마트 매장 입구에 줄지어 서서 신분조회를 끝낸 뒤에야 밖으로 나갈 수 있었다. 몇몇 사람이 선량한 시민이라 자부하며 경찰에게 항의했지만, 경찰들은 침묵으로 일관했다.

경찰승합차는 조용히, 그러나 바퀴벌레처럼 순식간에 모여들었다. S마트는 물론 경쟁사인 M마트, 백화점, 학교와 놀이공원, 건물이 몽땅 헐리고 텅 비어버린 재개발구역까지 경찰차가 없는 곳이 없었다. 경찰들은 초비상 상태였다. 고위급 관직, 그것도 경찰청장의 두 살 된 외동아들이 사라졌다는 소문이 경찰만큼이나 빠르게 퍼졌다. 납치가 아닐까 싶어 경찰들은 쉬쉬했지만 사흘이 지나도록 돈을 요구하는 전화는 걸려오지 않았다. 나흘이 지나자 죽은 쥐 냄새를 맡은 파리떼처럼 기자들이 달라붙었다. 경찰은 근엄한, 그러나 미처 지우지 못한 불안이 검버섯처럼 피어오른 얼굴로 언론과의 합동수사를 선언했다.

경찰과 기자들은 아이가 있을 만한 곳은 무조건 쑤석거렸다. 아이가 처음 사라진 S마트는 무빙벨트가 주저앉을 정도였다. 사람들의 출입이 통제되고, 창고에 쌓인 재고물품은 죄다 포장이 뜯긴 채 바닥을 나뒹굴었다. 가전제품 코너의 냉장고와 세탁기 뚜껑이 열어젖혀지고 심지어는 32인치짜리 브라운관 TV까지 분해되었다. 점장은 사태를 수습하려 애썼지만 내려앉은 무빙벨트가 수상하다며 기술자를 불러 그것을 뜯어내는 경찰까지 보고 나자 입을 꼭 다물고 사무실에 틀어박혔다. 실장은 하루에도 몇 번씩 경찰서에 들락거렸다. 처음 신고를 받고 무전을 쳤던 신입 보안직원은 실장이 따로 손쓸 필요도 없이 바로 해고되었다. 상황에 따른 대처능력 부족이 해고 사유였다. 실장은 아이가 찍히지 않은 보안카메라 녹화테이프를 경찰서와 S마트 본점으로 가져가 마트, 그것도 바겐세일중인 대형 마트 특유의 혼잡성과 카메라의 부득이한 사각지대에 대해 몇 번이나 설명했지만 결국 근무태만으로 퇴직금도 없이 해고당했다.

S마트에서 아무 단서도 찾지 못하자 경찰과 기자들은 인근 지하철역과 건물을 수색했다. 각 건물 화장실과 창고에 수색이 집중되었으나 찾아낸 것은 임자 없는 양말 한 짝뿐이었다. 그것은 두살배기 아이의 것이라기엔 너무 컸다. 납치범의 양말이 아닐까 하는 의견이 제기되었으나 국립수사연구소로 옮겨진 양말은 발가락 끝부터 발등까지 으깬 두부 같은 곰팡이가 하얗게 피어 있었다. 습기 차고 오래된 양말에 대한 관심은 이내 사라졌다.

지하철 유실물센터와 맨홀 뚜껑 하나까지 수색대는 빠짐없이 조사했다. 거리마다 아이의 사진과 특징을 적은 포스터가 붙었다. '결정적 단서 제공시 후사하겠음'처럼 애매한 문구는 들어가지 않았다. 아이를 찾는 포스터에서 눈에 띄는 것은 딱 두 줄이었다. 악어 문신을 했음, 오천만원. 아이의 사진이 우유팩 옆구리에 붙어 전국으로 퍼져나가기 시작하자 곳곳에서 자율수사대가 결성되었다. 보상금은 틀림없이 균등하게 분배하겠다는 각서에 지장

을 찍은 사람들이 거리를 헤맸다. 게임방과 식당 쓰레기통, 야산
의 바위 밑까지 들쑤셔지지 않은 곳이 없었다.

　가장 바빠진 곳은 전국의 고아원과 미아보호소였다. 전단지에
두 살 된 남자아이, 배꼽에 악어 문신을 했음, 이라고 적혀 있음에
도 불구하고 각 고아원과 미아보호소에서는 하루에도 수십 명의
아이들을 경찰서로 배달시켰다. 키도 나이도 들쑥날쑥한 아이들
은 하나같이 두 살이라고 우겨댔다. 배꼽 가에 눌러붙은 까만 때
를 문신이라며 까 보이는 아이도 있었다. 처음에 경찰은 그 아이
들을 씨감자 골라내듯 하나하나 눈여겨봤다. 하지만 머리칼이 허
리까지 치렁한 다섯 살짜리 계집아이가 배달된 후로는 배달된 아
이들을 쳐다보지도 않았다. 여러 택배회사가 '수신거부'라는 딱
지를 아이 셔츠에 붙이고 돌아갔다. 안 그래도 택배비에 너무 많
은 비용을 쏟아부어 지속적으로 적자를 기록하던 고아원과 미아
보호소는 고민 끝에 절충안을 찾아냈다.

　고아원과 미아보호소는 아이들 윗도리를 홀떡 벗겨놓고 왼쪽
배 위에 손가락 한 마디 크기의 글자로 기관 이름과 전화번호를
썼다. 그러고는 즉석사진기로 아이 배를 찍어 서류봉투에 담아 빠
른등기로 경찰서에 부쳤다. 경찰서와 경찰청장의 자택에는 아이
들 배를 찍은 사진이 수백 장도 넘게 배달됐다. 경찰서에서는 배
에 거무스름한 자국이 있는 아이 사진을 골라 따로 모았다가 사흘
에 한 번, 경찰청장 자택으로 보냈다.

─이렇게 흐리멍덩한 색이 아니에요, 우리 아이 문신은.

　사진을 한 장 한 장 넘겨보던 여자가 입술을 꾹 깨물었다. 아이
의 문신은 보다 확실하고 악어 모양이 뚜렷했다. 가장 뚜렷한 것
은 뾰족하게 새겨진 이빨이었다. 처음에 여자는 그것을 조금 특이
한 모양의 점이라고 생각했다. 태어날 때부터 아이의 배꼽 옆에는
그 악어 모양 점이 붙어 있었다. 새까마면서도 가장자리가 푸른
점이었다. 그것은 보는 각도에 따라 전갈이나 갈고리처럼 보이기
도 했는데, 정면에서 오른쪽으로 고개를 살짝 기울여서 보면 어느
브랜드의 악어 문양과 꼭 닮아 있었다. 납작한 몸통과 두툼하게
뻗어나온 꼬리. 그러나 아이의 점은 쩍 벌어진 악어 입에 솟아 있
는 여섯 개의 이빨 때문에 더욱 두드러졌다. 위에 세 개, 밑에 세
개 붙은 그것들은 크기가 조금씩 달랐다. 위에 붙은 이빨이 밑의
것보다 훨씬 크고 날카로웠으며 입 안쪽으로 들어갈수록 이빨의
전체적 크기가 차츰 줄어들었다. 점이라기엔 너무 정교해 여자는
그것에 쉽게 이름을 붙이지 못했다. '악어점'이라 부르자니 뭔가
가 부족했다. 무엇보다 어감이 촌스러웠다. 여자는 진심으로 고민
하고 있었다. 그러다 아이를 데리고 뇌성소아마비 예방접종을 갔
을 때에야 비로소 그것에 이름을 붙일 수 있었다.

　─어린애 배에 벌써부터 문신을 새기면 어쩝니까?

　초로의 소아과 의사가 여자를 향해 불퉁스럽게 내뱉었을 때 여
자는 작게 환호했다. 의사는 아이의 가슴에 청진기를 막 가져다대

던 참이었다. 아이는 여자의 손에 양 겨드랑 밑을 잡혀 얌전히 배를 내밀고 있었다. 의사의 고지식하고 숱 많은 눈썹이 여자를 힐책하듯 꿈틀거렸다.

—문신을 새기다니, 너무 스트레스를 주면 아이 눈이 사시가 된단 말이오.

의사는 단언하며 아이 배꼽을 쓰다듬었다. 아이가 키득거리며 몸을 비틀었다.

—그게 문신이었군요.

여자는 고개를 끄덕였다. 아아, 이게 문신이었구나. 단순한 악어 모양 점이 아니라 악어 문신이었어. 여자의 입가에 만족스런 미소가 흘렀다.

악어에 관한 한 아이는 부족할 것이 없었다. 여자와 경찰청장은 아이 방을 온통 악어 문양으로 꾸몄다. 우거진 수풀색 바탕에 배가 통통하고 귀여운 악어가 가득 인쇄된 벽지로 벽을 도배하고, 시계나 모빌, 인형도 모두 악어 모양으로 바꾸었다. 침대에는 아이보다 훨씬 큰, 일 미터는 족히 넘는 크기의 악어 인형이 놓였다. 토끼털로 만들어진 보들보들하고 새하얀 악어 인형이었지만 그것을 이상하다고 말하는 사람은 아무도 없었다. 일 주일에 한 번, 드라이클리닝을 위해 인형을 수거하러 오는 세탁소 직원이 묘한 표정으로 바라보는 것이 전부였다. 아이의 돌 선물로도 악어 가죽을 입힌 소풍용 배낭이나 새끼 악어 눈알을 가공해 만든 구슬 같은 것이 들어왔다. 악어 눈알 구슬은 부화되기 직전 끓는 물에 삶아진 병아리 같은 색을 띠고 있었다. 발긋하면서도 뽀얀, 그러나 제법 큰 크기의 구슬을 아이가 냉큼 입에 집어넣고 우물거렸기 때문에, 이후로 아이에게 구슬을 내주는 것은 허락되지 않았다. 구슬은 경찰청장의 서재 책상에 놓였다.

아이가 가장 좋아하는 것은 단순한 악어 장난감이었다. 광고기획사를 열었다가 여기저기서 빌린 자본까지 죄다 말아먹은 아이의 외삼촌이 사다준 것이었는데, 포장을 뜯자마자 여자와 경찰청장은 잔뜩 인상을 찌푸렸었다. 장난감 상자에 박힌 모델은 얼굴선이 갸름하고 이목구비가 뚜렷하긴 했지만 어디에서도 본 적 없는 무명이었다. 상표 이름도 촌스러웠다. 여자는 내용물을 꺼내기에 앞서 잠시 고민했다. 망해버린 오빠라니, 돌 선물 따위 보내지 말고 잠자코 넘어가주면 좋았잖아. 여자는 낮게 중얼거렸다. 여자가 고민하는 동안 아이가 장난감 상자를 북 찢었다. 촌스러운 초록색! 여자가 소리쳤다.

플라스틱 악어는 속이 울렁거릴 정도의 선명한 초록색으로 코팅되어 있었다. 아니, 그것은 딱히 초록색이라 단정짓기 어려운 촌스럽고 기괴한 색이었다. 스위치를 넣자 짧은 다리로 엉금엉금 기어오는 악어 장난감을 아이는 넋을 잃고 바라봤다. 발톱에 칠해진 흰색 페인트가 여기저기 번져 있어 악어의 발은 누가 밟아서 뭉개놓은 것처럼 보였다. 악어는 아이를 향해 네 걸음쯤 다가간 뒤 입을 딱 벌렸다. 악어 입 속에 덕지덕지 칠해진 빨간색 페인트가 아이의 눈과 정면으로 마주쳤다. 아이는 장난감 악어처럼 기어가 악어 머리를 입 안으로 밀어넣었다. 딱 벌린 입 때문에 악어 머리를 삼킬 수 없음을 깨닫자 아이는 강아지 혀처럼 붉고 좁은 혀로 악어의 콧잔등을 핥았다.

악어 장난감이 생긴 이후 아이는 더이상 토끼털로 뒤덮인 악어 인형을 끌어안고 자지 않았다. 아이는 한 손으로 악어의 벌린 입을 움켜쥐고 잠들었다가 아침에 일어나면 장난감과 함께 바닥을 기어다니거나 입을 쩍쩍 벌리며 놀았다. 아이에게 있어 자신의 배꼽 옆에 있는 악어 문신은 특별하지 않았다. 아이에게 특별한 것은 엉금엉금 기어다니는 악어 장난감뿐이었다.

사라진 아이의 방에 오도카니 앉아 있던 여자는 아이가 늘 가지고 놀던 장난감을 떠올렸다. 그러나 아이를 그리워하며 보고 있기에 악어 장난감은 너무 촌스럽고 흉측했다. 여자는 주둥이가 하얗게 바랜 악어를 잠시 쳐다보다 마음을 바꿔 경찰청장의 서재로 갔다. 여자는 서재 책상에 놓인 새끼 악어 눈알로 만든 구슬을 악어 장난감 대신 두 손에 꼭 쥐었다.

악어 문신을 한 아이는 쉽게 나타나지 않았다. 경찰청장은 지하철역에 설치되어 있는 광고판과 도로 전광판에 오 분에 한 번씩 미아 찾기 캠페인을 내보냈다. 물론 가장 처음에 나오는 미아는 악어 문신을 한 아이였다. 경찰청장은 동료와 상사들에게 위로와

격려인사를 받으러 다니느라 바빴다. 여자는 경찰청장보다 더 바빴다. 아침 토크쇼에 나와 울음을 터뜨리는 여자의 앳된 얼굴 때문에 사람들은 너도 나도 미아 찾기 운동에 참여했다. 여자는 미아 찾기 운동본부의 발족식에 참여하고 보육원 설립행사에 참여해 오색 테이프를 끊었다. 고아원에서는 취침 점호 대신 아이들의 배를 확인했고, 집에서 텔레비전을 보던 부모들은 무의식적으로 아이들 옷을 들춰 그 아이가 자신의 아이임을 확인했다. 그러다 문득, 사람들은 깨달았다.

보다 뚜렷한, 내 아이만의 표시가 있어야 한다!

미아 방지용 목걸이나 팔찌가 일회성이라는 데 사람들은 동의했다. 순금 목걸이야 벗겨서 팔아버리면 그뿐 아닌가. 보다 특별하고 확실하게 내 아이임을 증명해줄 무언가가 필요했다. 사람들은 문신 새기는 사람을 찾아가 자기 아이만을 위한 문양을 새로 떠달라고 주문했다. 거리는 문신을 새기는 사람과 문신을 새기려는 사람들로 가득했다. 좁은 지하방에서 드럼통 같은 몸뚱이에 용비늘만 새기고 있던 문신시술자까지도 지상으로 불려나왔다.

부모들은 처음엔 아이의 천진한 얼굴에 어울리는 귀여운 문신을 원했다. 손가락 한 마디만한 크기의 호랑이나 토끼, 사슴 등이 아이의 엉덩이나 배꼽, 어깻죽지에 새겨졌다. 그러나 그들은 이내 자신의 아이와 똑같은 문신을 한 아이가 유치원에서만도 서너 명은 된다는 사실을 알아차렸다. 부모들은 독특하면서도 유일한 문신을 원했다. 토끼 등에 박쥐 날개가 달리거나 아이의 어깨부터 팔꿈치까지 여덟 량의 객차를 가진 기차가 새겨지기도 했다. 아이들은 유치원에 모여서 누구의 문신이 더 크고 근사한지 비교하며 놀았다. 사랑스럽지만 흔한 동물을 새긴 아이들과 강인하지만 기이한 동물을 새긴 아이들은 따로 집단을 만들었다. 아이들은 여러 패로 나뉘어 싸우거나 아직 문신이 없는 아이의 몸에 볼펜으로 낙서를 했다. 볼펜 문신을 당한 아이는 다음날이면 더욱 크고 화려한 문신을 새기고 나타나 거들먹거리며 유치원을 돌았다.

─이렇게 확실한 특징이 있는데 어째서 못 찾는 거죠? 코나 손등에 점이 난 아이가 아니라 배 한중앙에 악어 문신이 있는 아이인데 말이에요!

여자는 이제 토크쇼에 나와 온몸으로 흐느끼기보다는 나름대로 타당한 근거를 들어 사방을 비판하기 시작했다. 우리나라 정부는 대체 뭘 하고 있는 건가, 한 해 동안 발생하는 미아 수가 사천여 명에 이른다는 걸 알고는 있는 건가, 알고 있다면 어째서 방관하고 있는가. 여자의 목소리는 차츰 크고 명확해졌다. 방치된 아이들이 병에 걸리거나 길에서 굶어 죽기 전에 유전자 검사라도 해서 부모를 찾아줘야 하지 않겠느냐고 여자는 과학기술부와 보건복지부, 아동위탁시설과 보호소를 싸잡아 비난했다. 그러고는 마지막에 깊은 울림이 담긴 목소리로 덧붙였다. 애타게 아이를 찾고 있는 자신에게 도움을 준 사람은 자신처럼 아이를 잃어버린 부모와 아이를 잃어버렸던 부모, 우유팩 제조공장 사장밖에 없었다고.

여자의 발언에 언론이 벌떼처럼 일어섰다. 신문과 방송에서는 하나같이 '악어 문신을 한 아이, 어디로 갔나' 같은 특집이 제작되었다. 우유팩 제조공장 사장보다도 못한 정부에 대해 회의적 시각도 거론되었다. 여자는 사흘이고 나흘이고 머리 감을 새도 없이 다큐멘터리를 촬영하거나 인터뷰를 하느라 바빴다. 미아 찾기, 특히 악어 문신을 한 아이 찾기가 범국민적인 운동으로 발전하자 정부가 뒤늦게 위로금을 보내왔지만 여자는 매몰차게 거절했다. 보건복지부 장관이 자진 사퇴하고 청와대 비서실에서는 여자에게 유감임을 표명하는 장문의 편지를 일 주일 간격으로 보냈다.

그날 저녁, 여자는 텔레비전에서 남편인 경찰청장이 대국민사과문 발표를 위해 기자회견하는 모습을 지켜보았다. 여자는 주춤했다. 화면 속에서 기자들은 경찰 당국의 무능력함과 미비한 수사에 대해 경찰청장을 힐책했고 그는 반듯하게 눌러썼던 모자를 벗고 고개를 숙였다. 그러고 보니 남편이 최근 계속 집에 들어오지 않고 있다는 걸, 여자는 떠올렸다.

아이가 사라진 지 육 개월이 지나자 언론은 심드렁해지기 시작했다. 경찰과 기자들의 양면수사는 슬슬 막바지에 이르고 있었다. 수사 진척에 따른 막바지가 아니라 사람들 관심의 막바지였기 때문에, 기자들은 심령술사와 수맥전문가, 풍수전문가와 도인(道人)을 불러 수사를 종결하려 했다. 어디에서도 아이의 영혼이, 기

(氣)가 느껴지질 않습니다. 전문가라고 불려나온 이들이 입을 모아 말했다. 이쯤 되면 이미 죽었다고 봐야겠죠. 범죄심리연구가에서부터 인질범회유전문가까지 나와 차례로 고개를 저었다. 방송이 나가는 동안 어느 영매(靈媒)가 아이의 영혼이 자신을 찾아왔었다며 음산한 목소리로 방송국에 전화를 걸었다. 사람들은 침통한 표정으로 고개를 떨어뜨렸다.

여자는 더이상 토크쇼에 나가지 않았다. 여자가 토크쇼에 나가든 나가지 않든 아이들은 여전히 걸음과 걸음 사이에서 사라졌다. 거리에는 아이들을 찾는 포스터가 가득했다. 이전과 다른 것이 있다면 미아 찾기 포스터에 덧붙는 한 줄이었다. 양 어깨에 자물쇠와 열쇠 문신이 있음, 엉덩이에 엄지손가락 크기의 티라노사우루스 문신, 복숭아뼈에 기관총 문신 있음. 이제 아이의 악어 문신은 가장 흔하고 평범한 것이 되어 있었다. 여자는 절망스러웠다. 경찰청장은 무능력한 경찰수사에 대한 책임을 지고 청장직에서 사퇴한 지 오래였다. 아이 찾기 후원금과 위로금은 더이상 들어오지 않았고, 청장도 변함없이 집에 잘 들어오지 않았다.

왜 하필 문신이야, 그것도 어린아이에게?

'올해의 패션리더, 문신'이라는 테마로 취재를 하고 있던 월간지 신입기자의 고개가 갸웃한 것은 악어 문신을 한 아이가 사라진 지 팔 개월째가 되었을 때였다.

신입기자는 기사에 쓸 사진과 인터뷰를 위해 가장 유명하다는 문신시술소로 향했다. 아이들 문신을 주로 하는 곳이었다. 시술소의 외관은 여느 외과병원마냥 웅장하고 깔끔했다. 흰 제복을 입은 보조사들이 널찍한 대기실을 정리하고 있었는데, 대기실 책장을 채우고 있는 건 주로 월간 만화잡지와 게임잡지였다. 간혹 여성지가 보이긴 했지만 그것은 대개 손도 안 댄 새것으로, 겉표지가 빳빳하고 각이 잡혀 있었다. 신입기자는 대기실 중앙에 서서 주위를 둘러보았다. 실용적이고 고급스러운 소품에 세련된 인테리어에도 불구하고 음울하고 고요했다. 벽마다 아이들을 위한 게임기가 붙어 있고 대기실 중앙 멀티비전에서는 최근 인기몰이를 하고 있는 애니메이션이 방영되고 있었지만 그런 것에 관심을 주는 아이는 아무도 없었다. 소란을 떨거나 실내를 기웃거리는 아이도 없었다. 아이들은 턱을 바짝 당기고 대기실 의자에 등과 엉덩이를 딱 붙인 채 앉아 있다가, 시술실에서 울부짖는 소리나 신음이 새어나오면 연쇄폭발이라도 일으키는 것처럼 일제히 울음을 터뜨렸다.

10호고 8호고 짧고 단단한 바늘이 자신의 몸을 찔러대는 것에 아이들은 발작하듯 울거나 히스테리를 일으켰다. 예방접종 한 번에도 병원 건물이 뒤집어졌다 바로 서는데 그 짓을 수백 번씩 해대서야 어디ㅡ 시술 삼십 분 전에 먹은 진통제가 아무 효과도 없는 건지 버둥거리며 울부짖는 아이의 목과 어깨를 꽉 누른 보조사가 신입기자의 질문에 대꾸했다.

— 요즘 같은 불경기에 잘 되는 건 문신시술소랑 안과밖에 없어요. 안과요? 요즘 애들은 사시가 많더라구요.

문신시술자는 몇 번이나 문신전문업소에서의 시술을 강조하며 인터뷰를 시작했다. 일부에서 무허가 문신시술자들이 아이에게 마취제를 놓은 뒤 문신을 하는데 그것이 얼마나 위험스러운 일인가에 대해서도 이야기했다. 우리 업소 같은 경우는 특허받은 문신 바늘 전용소독기를 사용하고 있죠. 감염 위험도 전혀 없고 사용하는 소독액도 친환경적인 요소로 이루어진데다가 인체에 전혀 해가 없어서— 신입기자는 장황하게 늘어지는 문신시술자의 말을 끊고 물었다. 아이들의 문신은 도대체 왜 시작된 거죠? 시술자는 아주 오래된 기억을 떠올리는 것처럼 눈을 가늘게 뜨고 한참 동안 고심한 뒤에야 질문에 대답했다.

— 그 아이 때문이죠.

— 누구?

신입기자 역시 어렴풋한 기억을 떠올렸다. 문신시술자와 신입기자는 동시에 중얼거렸다.

— 악어 문신을 한 아이.

잡지사로 돌아온 신입기자는 그 자리에서 취재기사의 테마를 바꾸었다. 우리는 왜 문신을 하는가. 십대들의 스트리트 패션이나 뽀얀 피부 만들기, 최신 유행 싸게 즐기기 등의 기사를 주로 싣는 패션잡지엔 다소 무거운 제목이었지만 신입기자는 용감했다. 신입기자는 문신시술소에서 찍은 작고 앙증맞은 문신과 최근 주가를 올리고 있는 캐릭터 문신 사진들을 모두 버렸다. 대신에 아무도 건드리지 않는 대기실의 게임팩, 문신이 새겨지는 동안 아이를 억누르고 있는 문신보조사의 힘줄 솟은 팔뚝과 비명이 들릴 때마다 반사적으로 울어대는 대기실의 아이들 사진을 기사 중간중간에 넣었다. 신입기자는 크고 작은 문신바늘을 일렬로 넣어둔 문신바늘 전용소독기 사진에 색을 입혀 음험하고 날카로운 청회색 사진으로 바꿔놓았다. 사진 밑에는 문신시술자가 강조한 친환경 소독액 얘기 대신 공포에 질린 채 이런 바늘에 수백 차례 찔려야 하는 아이들 이야기를 썼다. 신입기자는 의기양양하게 키보드를 두드려나갔다.

당시 두 살밖에 되지 않았던 경찰청장의 외동아들 몸에는 왜 악어 문신이 새겨져 있었을까.

패션잡지의 신입기자가 쓴 기사는 상상 이상의 반응을 불러일으켰다. 사람들은 이전에 간과했던 문제에 대해 새삼 무릎을 쳤다. 들쑤셔진 개미집처럼 언론 전체가 들썩거렸다. 가을 특집으로 잘 익은 감이나 찍으러 다니던 기자들이 다시 경찰청장의 자택으로 몰려들었다. 기자들은 새로 부임한 경찰청장을 배려해 경찰청장, 혹은 前경찰청장이라는 호칭 대신 '악어 문신을 한 아이의 아버지'라는 긴 호칭을 사용했다.

— 두 살밖에 안 된 아들에게 문신을 새겨야 했던 이유가 뭐죠?

—아이가 문신에 의한 스트레스로 심한 사시가 되었다는데 사실입니까?

여자는 난감한 표정으로 인터폰을 껐다. 여자가 인터폰에 대고 한 말은 '남편은 지금 집에 없어요' 라는 말뿐이었다. 그러나 '남편은 집에 잘 들어오지도 않는걸요' 라는 말은 여자의 가정부가 모 신문기자에게 십만원을 받고 거실 다과상에 대신 설치해준 고성능 도청기를 타고 천파만파 퍼져나갔다. 기자들은 여자 대신 여자의 남편을 찾았다. 빈손으로 사라지는 아이들과 달리 여자의 남편은 골드카드와 주유카드를 들고 나갔기 때문에 쉽게 발견되었다. 여자의 남편은 홍천강 뾰족바위 위에 밤낚시 자리를 펴다가 경찰차에 실려 서울로 올라왔다. 여자의 남편, 前경찰청장은 하루에도 수십 번씩 드나들던 경찰청으로 다시 들어갔으나 이번에는 빳빳한 모자와 제복 차림이 아닌 후줄근한 가을 점퍼와 야구모자 차림이었다. 경찰은 그를 아동범죄조사부에 넘겼다.

—그건 사실, 점이었어요.

여자가 다급하게 변명했으나 그 말을 믿는 사람은 아무도 없었다. 법정에서 검사는 여자가 아침 토크쇼에 나와 '우리 아이는 특별해요. 배꼽 바로 옆에 악어 문신이 있거든요. 이빨이 뾰족한, 악어 문신이에요' 라고 주먹까지 움켜쥐고 강조하던 모습을, 비디오를 통해 몇 번이나 반복해서 보여줬다. '악어 문신' 이라는 글자가 다른 글자의 배는 크게 제작된 미아 찾기 포스터도 증거물로 제출

되었다.

아이에게 뇌성소아마비 예방접종을 해주었던 초로의 소아과 의사가 증언대에 서서 힘차게 고개를 끄덕였다.

—어린아이에게 왜 문신을 했느냐고 물었더니 저 여자가 아주 자랑스럽게 말하더군요. 이건 악어 문신이에요, 라고. 그러고는 사악하게 웃었소. 내 평생 그렇게 야비하고 잔인한 웃음은 본 적이 없소.

여자가 놀란 눈을 휘둥그렇게 뜨자 의사는 돌연 분개하여 증언석에서 벌떡 일어나며 외쳤다.

—그 아이는, 문신에 의한 스트레스로 심한 사시가 되어 있었소!

소아과 의사와 함께 나온 간호사가 아이의 팔뚝에 멍들고 찢긴 듯한 생채기가 가득했노라는 증언을 덧붙였다.

—온몸에 상처가 가득해서 결국 주사는 엉덩이에 놓아야 했다구요.

前경찰청장과 그 아내의 아동학대죄 혐의에 대한 재판이 열리고 있을 때 前경찰청장 집에서 그리 멀지 않은 파출소에는 한 부부가 찾아왔다. 오십대 중반의 부부는 그들의 아들이나 손자가 틀림없어 보이는 어린 남자아이와 함께 파출소로 들어섰는데, 그 손에는 오려낸 우유팩이 들려 있었다.

—얘가 얘요!

부부는 엉거주춤 자리에서 일어난 순경을 향해 이구동성으로 외쳤다. 부부는 몹시 흥분한 상태여서 몇 번이나 숨을 몰아쉬었음에도 불구하고 내뱉는 말들이 얼린 생선비늘처럼 제각각 떨어졌다. 부부는 순경의 코앞에다 들고 있던 우유팩을 밀어붙였다. 덜 마른 팩에서는 결코 신선하다고 할 수 없는 비린내가 물씬 풍겨 순경은 반사적으로 그것을 밀쳐냈다.

─뭡니까?

순경의 좁은 콧마루에 짜증이 다닥다닥 붙었다. 파출소장은 일찍부터 법원에 간다고 나가고 마침 같이 근무하는 동료 두 명도 시답잖은 주민싸움으로 불려나가 순경 혼자 느긋하게 텔레비전을 보던 참이었다. 화면에서는 열여덟 먹은 고등학생과 사랑에 빠진 아내의 외도를 눈치챈 남편이 현장을 덮치기 위해 모텔 계단을 살금살금 올라가고 있었다. 남편의 손에 들린 것은 자루가 유난히 뭉툭하고 두꺼운 칼이었다. 남편이 모텔 방 문을 확 열어젖히는 순간, 파출소에 부부가 들이닥친 것이다. 상황을 전혀 짐작할 수 없는 비명들이 뒤쪽에 놓인 텔레비전에서 울려왔다. 순경은 앞에 선 부부를 한껏 노려봤다.

부부는 아무리 봐도 동네 사람 같지는 않았다. 이 동네 사람들은 술주정을 하러 뛰어들어온 노인네든 시장 보러 가는 아줌마든 어딘가 범상치 않은 태가 흘렀다. 주정뱅이 노인의 지갑 속에서 펄럭이지도 않고 떨어지는 순금 명함이 그랬고, 시장 가는 아줌마들이 대수롭지 않게 걸친 샤넬 직수입 밍크조끼나 천연진주로 술

28

을 단 숄이 그랬다. 그런데 부부의 옷차림은 지나치게 범상했다. 기지바지에 작업복 같은 점퍼를 입은 남자는 그렇다 치더라도 빨간 수건을 얼기설기 머리에 두르고 모자를 눌러쓴데다가, 다 낡은 운동화에 뭐라 딱히 설명하기 어려운 무늬의 셔츠를 입은 여자가 특히 그랬다. 게다가 등짝을 뒤덮고도 모자라 옆구리까지 닿는 커다란 배낭이라니. 더이상 볼 것도 없었다. 순경은 출입문을 가리켜 보였다. 잡상인 출입금집니다, 여기가 어딘 줄 알고. 여자가 커다란 배낭을 출렁거리며 정수기로 걸어가 물을 마시는 동안, 남자는 우유팩을 책상 위에 올려놓고 손바닥으로 탁탁 쳤다.

─애 찾아주러 왔어요. 거 뭐냐, 악어 문신한 애.

순경은 그제야 여자의 발밑에 털퍽 주저앉아 물을 얻어마시고 있는 아이를 발견했다. 이제 막 두세 살 되었을까 싶은 아이는 덥수룩하게 기른 머리가 버쩍버쩍 솟아 있고, 베개자국이라도 난 것처럼 뒤통수가 납작하게 눌려 있었다. 순경은 우유팩에 인쇄된 악어 문신 아이의 사진을 봤다. 한때 동네를 도배하다시피 했던 그 사진을 순경이 모를 리 없었다. 사진 속의 아이는 반듯하고 갸름한 얼굴에 입은 크게 벌리지 않은 채 웃고 있었다. 짧은 머리가 비스듬한 가르마로 정갈하게 나뉘어져 아이의 통통한 뺨과 어우러졌다. 왼쪽 이마를 살짝 덮은 아이의 머리칼은 검고 윤기가 흘렀다. 흐릿한 눈썹에 납작한 콧등이라 큰 특징은 없었지만 유난히 반짝거리는 눈 때문에 아이는 유순하고도 천진한 인상을 주고 있었다. 순경은 다시 정수기 앞에 주저앉은 아이를 봤다. 때마침 일회용 종이컵이 납작해지며 아이의 뺨과 손 위로 왈칵 물이 쏟아졌다. 아이의 뺨이 천천히 실룩이더니 얼굴 전체가 원숭이처럼 올라붙기 시작했다.

— 쟤가, 애라고?

순경이 낮게 코웃음쳤다. 퍼석퍼석하게 솟은 머리칼 때문에 아이의 머리통은 기이할 정도로 커다랬다. 그 속에 홀쭉하고 생기 없는 얼굴이 고슴도치 배처럼 박혀 있었다. 우느라 찌그러진 눈매는 커다란 번데기처럼 쭈글쭈글하고 두툼했으며, 숨구멍만 겨우 돋은 코와 들쭉날쭉 솟은 이 때문에 어딘가 모자란 것처럼도 보였다. 순경은 뻔뻔스럽게 우유팩에 박힌 '사례금 오천만원'이라는 글자를 아이 달래듯 어루만지고 있는 부부를 바라보았다.

— 악어 문신은?

순경이 묻자 여자의 입이 주먹만하게 벌어졌다. 남자가 물에 흠뻑 젖은 아이 팔을 끌어다 고추장 국물 같은 것이 길게 흘러내린 상의를 걷어보였다. 유독 그 부분만 때를 벗겼는지 빨갛게 달아오른 살갗 위에 씹다 뱉은 껌처럼 그것이 붙어 있었다.

— 이게 어딜 봐서 문신이요? 그냥 점이잖아.

그럼 그렇지, 하며 순경이 피식거렸다. 잠깐이라도 긴장해 눈을 크게 떴던 자신이 한심해 순경은 자신에게 들이밀어진 아이 배꼽을 조물거렸다. 아이의 것은 좀 특이한 모양이긴 했지만 문신은 아니었다. 도독하게 부풀어오른, 푸르스름한 점일 뿐이었다. 그래도 언젠가처럼 사인펜으로 그린 게 아니니 그나마 나은 건가. 순경은 고개를 저었다. 그러다 문득 아이의 시퍼런 옆구리에 시선이 멈췄다. 꼭 어른 주먹만한 크기의 멍이 아이의 옆구리에 박혀 있었다. 순경의 머릿속에 최근 사회악으로 급부상하고 있는 아동학대가 스친 것은 순간이었다. 순경은 잽싸게 아이의 젖은 소매를 걷어올렸다. 긁히고 찢긴 듯한 생채기가 팔뚝에 가득한데다 맺힌 핏방울이 채 마르지 않은 것도 있었다. 순경이 눈을 부라렸다. 이 봐요, 당신들!

순경의 고함이 채 이 미터도 나가기 전에 파출소 출입문에 달린 종이 날카롭게 울었다. 아이를 끌어안고 도망치는 부부를 보며 재빨리 몸을 일으켰지만 정작 순경의 시선이 멈춘 곳은 텔레비전 화면이었다. 화면에서는 길게 칼침이 박힌 침대 위에 놓인 피 묻은 칼을 마지막으로 엔딩크레디트가 올라가고 있었다. 그래서, 누가 죽었다는 거야! 순경은 와락 짜증을 내며 우유팩 조각을 쓰레기통에 내던졌다. 창 밖 거리에 부부와 아이는 이미 사라지고 없었다.

─아이가 학대를 견디지 못하고 스스로 도망쳤을 가능성은?
검사는 새로운 가능성을 제시했고 변호인은 반박했다.
─피고가 아이를 학대했음을 입증할 수 있는 증거는 어디에도 없습니다. 게다가 자의식이 완전하지 못한, 겨우 두 살짜리 아이

가 어떻게 가출을 하겠습니까? 학대니 가출이니, 모두 다 억측입
니다. 원고측 주장은 너무 터무니없습니다.

　─있습니다, 그것이 바로 본능이라는 겁니다.

　검사가 바로 반박했다.

　─짐승도 자신을 때리는 사람 옆에는 가지 않습니다. 하물며
사람이라고 그게 없겠습니까? 이건 연령의 문제를 넘어서서 본능
의 문제이기 때문에 제 주장은 당연히 터무니 있습니다.

　재판부는 고심했다. 검사측은 아이가 실종된 지 일 년이 다 되
어가도록 아이는 물론 시체도, 그 어떤 제보자도 찾을 수 없었던
것은 아이의 실종이 납치나 순수한 실종이 아닌 의도적 가출이기
때문이며, 아이가 고의성을 갖고 피해다니고 있기 때문에 그 동안
어떤 흔적도 찾을 수 없었던 것이라고 주장했다. 그러면서, 모든
문제의 근원인 아이 부모를 처벌한다면 아이는 스스로 집으로 돌
아올 것이라고 호소했기 때문에 재판부는 물론 법정 전체가 술렁
거렸다. 변호인이 증거도 없이 피고를 아동학대범으로 몰아가서
는 안 된다고 말하자, 검사는 미아 찾기 포스터를 내던지며 악어
문신이야말로 빠져나갈 수 없는 결정적 증거라고 소리쳤다. 재판
부는 딱히 어떤 판결을 내리지 못하고 휴정과 개정을 되풀이했다.
언론은 수십 가지 재판결과를 예측해 떠들어댔다. 그 와중에 문신
시술업소들은 슬그머니 문을 닫고 있었다.

　악어 문신에 대해 처음으로 의문을 제기했던 패션잡지의 신입

기자는 여세를 몰아 신문사마다 고가의 원고료를 받으며 칼럼을 기고하고 있었다. 그러다 거듭되는 아동복지회의 전화를 받고 생각에 잠겼다. 아동기관들은 하나같이 신입기자가 기사와 함께 실었던 '문신시술업소에서 고통받는 아이들' 사진을 아동학대 현장 고발 증거물로 써도 좋겠느냐고 물었다. 덧붙여 문신시술자들을 아동학대 공범 내지는 주범으로 고발할 생각이라고 밝혀왔다. 신입기자는 재판부만큼 고심했다. 취재할 당시만 해도 문신은 일종의 유행이었고, 미아 방지를 위한 예방책 중 하나였다. 자신의 조카만 해도 양쪽 팔뚝에 피카추와 맥도날드를 새기지 않았던가. 돌이켜보면 자신은 문신이 유행하기 시작한 계기가 궁금했을 뿐 불특정 다수와 특정 소수를 한꺼번에 고발하고 싶었던 것은 아니었다. 신입기자는 밤새도록 고민하다가 노트북을 폈다. 그러고는 다시, 장문의 기사를 쓰기 시작했다.

'문신이야말로 자신의 아이를 잃어버리지 않겠다는 어머니의 강인한 의지가 아닌가……'

前경찰청장은 피곤한 모습으로 집에 돌아왔다. 가지런하게 빗어넘겼던 머리가 폭풍에 휩쓸린 것처럼 너풀거렸다. 외투를 벗는 前경찰청장의 어깨 위로 머리카락 한 줌이 오소소 떨어졌다. 여자는 젖은 미역처럼 늘어진 남편의 등을 어루만지고는 빗살이 성기고 두꺼운 빗으로 머리를 빗어주었다. 후둑 둑. 뭉쳐 있던 머리카락이 호두알처럼 요란한 소리를 내며 떨어졌다. 여자는 둥근 브러시로 빗을 바꿔 남편의 정수리를 툭툭 두들겨 마사지하기 시작했다. 이렇게 하면, 탈모가 덜해진대요. 여자의 희고 가느다란 목줄기에 돋은 핏줄이 마사지하는 손을 따라 툭툭 튀었다.

이제 더이상은, 아이를 만들 수 없을지도 몰라. 여자는 동그랗게 머리카락이 빠진 남편의 정수리를 두드리며 생각했다. 前경찰청장은 몹시 늙어 있었다. 처음 결혼할 때부터 열여섯 살이나 차이가 나는 부부였던데다가, 살다보면 비슷해진다는 주위의 말과 달리 시간이 흐를수록 그 차이는 보다 더 확고해졌다. 두툼한 배를 하고 오십줄로 달려가고 있는 남편은 혼자 세월을 집어먹고 있는 것처럼 보였다. 여자는 신혼 첫날밤 침대에서 일어나 화장실로 가는 남편의 뒷모습이 스탠드 불빛에 비쳐, 말린 대추처럼 납작하고 볼품없는 엉덩이가 드러나던 순간부터 십육 년의 오차를 절감하고 있었다. 이불 속에서 남편과 몸이 부딪치기라도 하면 여자는 벌떡 일어나 거울 앞에서 가운을 벗고 아직 밥사발처럼 올라붙어 있는 가슴과 엉덩이를 확인하곤 했다. 남편의 마른 엉덩이에 닿으면 자신의 몸도 말린 귤껍질처럼 생기가 빠져나가 푸석푸석하고 메마른 껍데기가 되어버릴 것 같아 여자는 두려웠다. 이런 상태에서 더이상의 아이는, 무리야. 여자는 눈앞에 떠오른 남편의 쭈글쭈글한 엉덩이를 지워버리려 애썼다. 여자의 한숨에 남자의 머리칼이 부르르 떨렸다.

— 나, 아이 방에서 잘게요.

가느다란 목소리로 돌아서는 여자는 밀랍처럼 어색하게 굳어 있었다. 2층으로 올라가는 여자의 발꿈치가 예전처럼 보드라운 핑크색이 아니라 불그죽죽한 색으로 변해 있는 걸 前경찰청장은 가만히 바라보았다. 흰 그물처럼 얽힌 굳은살 때문에 조금 놀라기도 했다. 목재 계단인지 여자의 무릎인지 알 수 없는 것이 삐거덕거리는 소리가 소파에 앉은 前경찰청장 귀까지 들려왔다. 여자는 여전히 앳된 얼굴과 양손에 꽉 들어찰 만큼 탄탄한 엉덩이를 지니고 있었지만, 그것의 중심은 서서히 중력을 이기지 못하고 흘러내리고 있었다. 여자의 가슴도 언제부턴가 브래지어의 완고한 와이어가 없으면 누가 잘라먹은 케이크처럼 옆면이 가팔라지고 뾰족해진다는 걸 前경찰청장은 깨닫고 있었다.

더이상의 아이는, 무리야. 前경찰청장은 눈을 꾹 감은 채 생각에 잠겼다. 그러고는 자못 비장한 표정으로 자택을 빠져나갔다.

여자는 노린내 때문에 잠에서 깼다.

밀랍인형의 것처럼 딱딱하게 굳은 팔을 휘저어 여자는 코를 문질렀다. 햇볕에 잘 말린 이불에선 섬유린스 향이 바삭하게 피어올랐다. 토끼털 악어 인형이 간혹 묵은내를 내기도 했지만 그것은 습도가 높은 장마철뿐이었고, 불과 이틀 전에 세탁소에서 가져온 인형의 비닐을 벗겨낸 것은 다름아닌 여자였다. 그러니 지나치게 뜨거운 난방 때문에 털이 타버렸다면 모를까, 한겨울에, 그것도 드라이클리닝한 지 이틀밖에 안 된 악어 인형이 이토록 진한 노린내를 풍길 리 없었다. 노린내는 진하고 시큼했다. 며칠 동안 씻지 않은 아이의 머릿속 땀냄새 같기도 했지만 그것보다는 날카로움이 덜했다. 아직 덜 마른 유분 냄새 같은 것이, 달큼한 아기 비린내 같은 것이 노린내에 섞여 그것은 몹시 그리운 향을 내고 있었다. 여자는 살그머니 눈을 떴다.

가장 처음 여자의 눈에 들어온 것은 검은 털이 빽빽이 솟은 동그란 물체였다. 그것이 마치 잠든 아이의 정수리처럼 보여 여자는 자리에서 벌떡 일어났다. 아이가! 그러나 여자는 그것이 너무 쉽게 덥석 들어올려지는 것에 맥을 놓았다. 굳이 아이라고 한다면 겨우 머리통뿐일 따름 아닌가. 여자는 들뜬 마음을 접고 그 물체를 찬찬히 살펴보기 시작했다. 여자 때문에 놀랐는지 동그란 덩어리는 더욱 꽉 죄어지며 바들바들 떨고 있었다.

— 강아지잖아.

여자가 중얼거렸다. 꽉 죄었던 덩어리에서 겨우 솟아나온 머리통은 여자 주먹 반만했다. 여자가 잘못 들어올린 탓에 강아지는 뒤집혀 올라간 네 다리를 바동거리고 있었다. 콧잔등과 이마까지 새까만 강아지였다. 바닥에 내려놓자 겨우 한 뼘쯤 될까 한 몸뚱이를 앙가조촘 일으키는 게 불안스럽긴 했지만 분명히 살아 있었다. 여자의 표정이 의아해졌다. 가정부는 소심하고 대가 약한데다 정이 없어 여자 몰래 강아지를 기를 위인이 아니었다. 게다가 여자의 코앞에서 자고 있는 강아지라니, 누군가 일부러 방에 넣어두

36

었다는 소리다. 그것도 여자가 잠들어 있는 사이에. 여자는 얇고 좁은 혀를 할짝대 콧잔등을 핥는 강아지가 기지개를 켜느라 몸을 쭉 펴다가 비틀거리는 모습을 지켜보고 있었다. 딸랑. 바로 선 강아지의 몸에서 낯선 금속음이 울렸다. 딸랑 딸랑. 여자는 그제야 강아지 목걸이에 달린 펜던트를 발견했다.

악어 문양 펜던트. 여자가 손을 뻗자 강아지가 졸랑거리며 다가와 여자의 희고 가느다란 손가락을 핥았다. 강아지 목에 둘러져 있는 가죽끈에 멋스럽게 박혀 있는 은구슬과 펜던트가 부딪쳐 소리를 만들어내고 있었다. 납작한 몸통과 두껍게 뻗어나온 꼬리, 쩍 벌어진 입 안에 솟은 여섯 개의 이빨은 없었지만 그것은 분명 악어였다. 여자는 잇몸뿐인 입으로 자신의 손가락을 씹고 있는 강아지 등을 쓰다듬었다. 폭신하게 부풀어오른 털과 달리 강아지 등엔 오돌토돌하게 뼈가 솟아 있었다.

여자는 다시 바빠졌다.

여자는 강아지 돌보기에 그렇게 많은 물품과 시간이 필요한 건지 처음 알았다. 그것은 아이를 낳아 처음 기르던 때와 비슷했다. 강아지는 대체로 조용하고 정직했지만 그것은 너무 쉽게 활발해지거나 너무 빨리 주눅들었다. 여자는 강아지가 너무 지치거나 우울해지지 않도록 정원을 향해 있는 방 한쪽 벽을 뚫어 커다란 유리문을 달았다. 겨울이라 밖에 쉽게 나갈 수 없는 날에는 부드러운 햇빛을 마음껏 쬘 수 있도록 해주는 것이 마음을 안정시키는

데 좋다고 애완견심리전문가가 충고했기 때문이었다. 여자는 그 충고에 따라 창문을 덮고 있던 커튼을 떼어냈으나 방이 넓은데다 창이 높고 좁아 쉴새없이 돌아다니는 강아지에겐 약간의 햇빛도 주기 힘들었다. 여자는 망설임 없이 인테리어 회사에 전화해 방에 커다란 유리문을 내달라고 주문했다. 덕분에 방의 온도는 조금 떨어졌지만 여자가 손수 바닥에 카펫을 깔아줬으므로 강아지 발바닥이 시릴 걱정은 없었다. 강아지는 카펫 위에서 낮잠을 자거나 발톱에 걸린 카펫 실을 물어뜯으며 놀았다.

여자는 틈날 때마다 강아지용품점 사이트에 들어가고 강아지 돌보기 동호회 모임에 참석했다. 동호회는 강아지의 종(種)에 따라 나뉘었는데, 처음엔 자신의 강아지와 다른 품종 동호회에 가입했다가 강아지에 대한 비난만 잔뜩 받고 나왔다. 그 강아지는 좀 멍청하지 않나요? 그 품종은 귀엽긴 한데 주인도 못 알아보고 배변습관 들이기도 힘들더라구요. 그런 걸 고르다니 애견에 대해 문외한이시군요? 여자는 화를 내며 한동안 자신의 강아지를 쳐다보지도 않았다.

여자는 강아지를 안고 애견빌딩에 들어설 때마다 긴장했다. 미용센터와 종합병원이 한 층씩 차지한 2층짜리 애견빌딩은 단아하고 세련되었지만 전체를 흰색으로 꾸며서인지 어딘가 창백한 느낌을 주었다. 강아지 예방접종은 이 주일에서 한 달 간격으로 서로 다른 주사명을 기록하며 잡혀 있었는데, 여자는 강아지를 병원

체중계 위에 올려놓는 순간부터 마지막으로 미용센터에 들러 발톱 손질을 받는 순간까지 빳빳하게 굳은 등을 펴지 못했다. 낯설고 전문적인 얘기가 오가는 때일수록 더욱 그랬다. 알지 못하는 것이 나오면 여자는 대개 동의하는 것으로 상황에 대처했다. 반박하거나 대화를 시도할 만큼 알지 못했기 때문에 여자의 동의는 매번 불필요해 보이는 물건 구입으로 끝이 났다.

─아가는 털이 참 예쁜데 끝이 많이 상했네요. 목욕시킨 다음에 드라이 해주시죠? 너무 뜨거운 열이라 털이 상하는 거예요. 요즘은 온풍과 냉풍이 따로 나오는 애견용 이온 드라이어도 있는데 그건 가격이 좀 비싸서─ 그것보다 이번에 고단백질 에센스가 나왔는데 한번 써보실래요? 강아지 털도 결국은 단백질이라 단백질 에센스로 관리를 해줘야 윤기가 제대로 나거든요. 이건 열이 닿으면 효과가 더 좋아지는 거니까 목욕시키고 드라이 해주기 전에 발라주시면 한 달만 지나도 아가 털에 귀티가 흐를 거예요.

강아지의 항문과 꼬리, 발바닥 잔털을 제거해주던 미용사가 활짝 웃었다. 미용사는 여자가 그다지 망설이지 않고 진료비와 함께 고단백질 에센스는 물론 이온 드라이어까지 계산하리라는 것을 알고 있었다. 여자는 이곳에 올 때마다 촌스럽게 경직된 표정으로 꼬리뼈까지 꼿꼿이 세운 채 앉아 있었는데, 그런 모습과 달리 여자의 지갑 속은 현란하고 다채로웠으며 활짝 열려 있었다. 미용사는 최대한 천천히 강아지 잔털을 고르며 여자에게 아직 권하지 않은 제품이 뭐가 남았는지 머릿속으로 목록을 뒤져보고 있었다.

여자는 '아가'라는 이름이 낯설었다. 여자가 본래 강아지에게 지어준 이름은 '악어'였지만 어느 누구도, 심지어 여자까지도 강아지를 악어라고 부르지 않았다. 강아지 이름을 부를 때나 처음 소개할 때 여자가 끝음절을 중얼거렸거나 생략해버렸는지도 모를 일이었다. 어느 틈엔가 강아지 이름은 '아가'로 바뀌어 동호회에서 사람들이 똘이 엄마예요, 쇼고 아빠예요, 하는 것처럼 여자도 스스로를 아가 엄마라고 소개했다. 그것은 병원이나 미용센터에서도 마찬가지였다. 여자는 애견건강카드에 잘못 적힌 강아지 이름을 들여다보았다. 간혹 느껴지는 이질감만 제외하면, 그 새로운 호칭은 제법 마음에 들었다.

여자가 강아지에게 쓰는 돈이 상당액을 넘어갔지만 前경찰청장은 그것을 탓하지 않았다. 대신에 미아 찾기 단체에 매달 보내던 후원금을 절반으로 줄이고, 아동임시보호소와 보호기관에 보름마다 내놓던 회식비를 끊었다. 그것만으로도 여자의 지출금 절반 이상이 메워졌다. 강아지가 조금 더 자라 지금 먹고 있는 무방부제, 무첨가제 천연사료 대신 DHA 함유 고기능성 사료를 먹는다거나, 현재 사이즈에 꼭 맞게 주문제작한 스와로브스키 크리스털 독일산 개목걸이를 새로 맞춰야 할 때가 되면 나머지 후원금을 끊으면 될 일이었다.

前경찰청장은 코트를 걸쳤다. 얼마 전부터 여자는 애견 한방영

양제에 대한 얘기만 늘어놓고 있었다. 사람보다 체온이 높은 강아지 체질을 고려해 천연 한방생약제제로 만들었다는 그 영양제는 강아지의 면역력 강화와 성장촉진 기능이 있다고 했다. 방에서 기르는 강아지에게 성장촉진을 시켜 어쩌겠다는 건지 의아했지만 여자는 그것이 꽤 갖고 싶은 듯 이야기에 열을 올렸다. 집에서 열게 된 동호회 모임 준비에 한창 바쁜 여자의 기를 살려주는 것도 꽤 괜찮은 일인지 모르겠다고 前경찰청장은 생각했다. 강아지용품점으로 가는 길에 보석상까지 들를 시간이 빠듯해 前경찰청장의 걸음이 급해졌다. 前경찰청장은 며칠 전 악어 모양 순금 펜던트를 새로 주문했었다. 순금 펜던트는 이전 은 펜던트보다 악어 문양이 더 선명하고 깨끗했다. 여섯 개의 이빨은 물론 도돌도돌하게 솟은 등의 돌기와 콧잔등까지 섬세하게 세공된 펜던트였다. 前경찰청장이 현관문을 막 나서려는데 전화벨이 울렸다. 후원금이 줄어든 미아 찾기 단체나 미아보호소일 것이 뻔했다. 前경찰청장은 전화벨을 무시하고 집을 나섰다.

사람들을 위한 출장 뷔페는 업체 사람들이 알아서 할 일이었으므로 여자는 주방을 되도록 깨끗이 사용해달라고 당부하는 것 외에 할 일이 없었다. 여자는 강아지 놀이방 꾸미기에 전념했다. 초대된 강아지들의 사진을 찍어주기 위해 애견전문사진사도 불렀다. 벽 한 면이 통째로 유리문으로 바뀐 방에는 봄 햇살이 뚝뚝 떨어지고 있었다. 여자는 오랜만에 문을 열고 유리에 부딪쳐 퍼덕거리던 바람을 방 안의 눅눅한 공기와 맞바꿨다. 왕벚나무가 흩뿌린 꽃잎이 바람을 타고 날아들었다. 여자는 바람과 꽃잎을 헤집으며 한동안 방 안에 서 있었다.

보드라운 양털 담요가 깔린 강아지침대가 사방에 놓였다. 아가가 실컷 물어뜯은 카펫 대신 색색의 고무공이 바닥을 채웠다. 아가는 유독 고무공을 좋아해 그것만 있으면 온종일도 놀았다. 여자는 아가가 찢기 쉽게 얇고 투명한 고무로 만든 공 안에 악어 모양으로 주문제작한 비스킷을 하나씩 넣어놓았다. 비스킷은 비만방지용 저칼로리 비스킷이었고 바삭바삭했으며, 후각을 자극하는 달콤한 향을 뿜어냈다. 여자는 마지막으로 방문 앞에 리본을 만들어 걸어놓은 충치예방용 미백 개껌을 확인했다. 모든 것이 완벽했다. 여자의 입가에 비로소 미소가 흐르기 시작했다.

실장은 사무실 널찍한 의자에 기대앉아 있었다. 명품 봄신상 특별세일이라고 소리치는 잡화매장 직원에게 산 구두는 디자인은 독특했지만 발이 불편했다. 특별히 얇게 무두질했다는 가죽은 볼이 넓은 실장 발에 맞춰 마음껏 늘어났으니 그나마 참을 만했지만 구두 밑바닥이 너무 얇아 때때로 맨발로 걷고 있는 듯한 느낌에 머리칼이 쭈뼛쭈뼛 섰다. 조금만 울퉁불퉁한 길을 걸어도 발가락 끝부터 발뒤꿈치까지 지르르한 통증이 빠르고 집요하게 실장을 난타했다. 실장은 얇디얇은 봄신상 구두를 벗어버리고 책상 위에 발을 뻗었다.

C컵꽃띠를 다시 만난 것은 역시 채팅 사이트에서였다. 실장은 '푸른기와'라는 닉네임을 쓰고 있었다. 대부분의 사람들이 채팅 때마다 닉네임을 바꾸기 때문에 C컵꽃띠와 다시 만날 일이 없으리라 생각했던 실장은 꽤나 놀랐다. 그리고 그만큼 반가웠다. 같은 닉네임을 계속 쓰고 있는 사람이라면 누군가 자신에게 말을 걸어주거나 아는 척해주기를 기다리는 사람이다. 실장은 C컵꽃띠 또한 마찬가지라고 확신했다. 그리고 그의 확신은 어느 정도 맞아들어가 한때 C컵꽃띠와 채팅뿐 아니라 휴대폰 문자메일을 주고받는 관계까지 발전했었다. C컵꽃띠의 문자는 짧고 군더더기가 없었지만 그만큼 유혹적이었다.

C컵꽃띠의 문자를 떠올리며 실장의 눈동자가 빠르게 굴렀다. C컵꽃띠와 급작스레 연락이 끊긴 것은 석 달도 더 전의 일이었다. 덕분에 실장은 잔뜩 초조해져 있었다. 요즘바빠? 실장은 문자를 보내다 마지막으로 C컵꽃띠에게서 왔던 문자를 떠올렸다. 오랜만에 집에 돌아와 보니 모르는 아이가 있더라고 말한 것은 꽃띠였다.

얼마나구석을후비고다니는지온몸이멍투성이야저거뭘까

동생아냐?

어디가서애낳아올주변머리도없어울엄마아버진

그럼그애미아찾기에한번내봐보상금붙은애일지도모르잖
아요즘은보상금때문에애를일부러가둬놓기도하는데

C컵꽃띠의 문자에 보상금 걸린 미아일지도 모른다고 부추긴
것은 실장이었다. 하지만 그게 정말일 줄은 몰랐다. 오천만원짜리
래,그애. C컵꽃띠의 문자에 실장은 의자에서 벌떡 일어났더랬다.

오천만원짜리래,그애.지금돈으로바꾸러갔어엄마랑아버지가.

그러나 그 문자를 끝으로 C컵꽃띠는 흔적도 없이 사라졌다. 문
자팅을 시작할 때 절대 전화하거나 만나려 하지 않겠다고 했던 약
속을 깨고 전화를 걸어보기도 했지만, C컵꽃띠는 받지 않았다. 화
끈한 여자였는데. 실장은 아쉬움에 쓴 입맛을 다시다 C컵꽃띠에
게 다시 문자를 보냈다.

오천만원은바꿨어?왜요즘통답이없어,죽기라도한거야?

실장이 C컵꽃띠의 번호를 확인하고 전송버튼을 누르는 것과
동시에 무전기가 울렸다.

─부실장님, 1층 고객지원센터 앞에 문제 발생입니다.

실장은 휴대폰을 상의 안주머니에 갈무리하며 매장을 비추고 있는 보안카메라 화면을 들여다봤다. 사람들은 고객지원센터 앞에 거대한 도너츠를 만들며 서 있었다. 비어 있는 중앙에 한 여자가 서서 떠들고 있었지만 실장의 눈에는 벙긋거리는 입모양밖에 보이지 않았다. 매장으로 들어가려고 하는 건지 몸을 들이미는 여자를 보안직원 둘과 안내센터 여직원 하나가 막아서고 있었다. 뭐야? 실장이 찌푸린 얼굴로 비상계단을 내려갔다.

악어!

실장은 1층에 도착하자마자 낮게 부르짖었다. 그 여자다. 실장의 머리털은 물론 배꼽 털까지 바짝 일어섰다. 아까 화면에서는 여자의 얼굴이 겨우 손톱만큼, 그것도 옆모습만 비친 터라 몰랐지만 가까이 선 지금은 확실히 알 수 있었다. 악어 문신을 한 아이를 잃어버려 S마트는 물론 온 나라를 왈칵 뒤집었던, 그 발칙한 여자다. 이 여자 때문에 실장은 실제로 S마트에서 두 달간 해고됐었다. 그후에 슬금슬금 물밑작업을 해서 복직하긴 했지만 실장 자리 대신 부실장이라는 어설픈 직함에 연금도 삼십 퍼센트나 차감되었다. 직원들이 하도 부실장님, 부실장님 불러대는 통에 실장은 차라리 자신이 부씨(氏)였으면 좋겠다고 생각했다. 실장에게 부실장 자리는 초등학교 시절 단 두 표 차이로 미끄러져버린 부반장 자리처럼 모욕적이고 불명예스러운 것이었다. 실장은 자신도 모르게 여자를 쏘아보며 앞으로 나갔다.

─고객님, 저희 매장은 애완동물 출입이 금지되어 있습니다. 저희에게 맡겨주시면─

─누가 애완동물이라는 거예요. 얘는 특별해요. 내 아들이란 말예요!

─그래도 고객님, 그건……

여직원이 말끝을 흐렸다. 옷과 신발, 얇은 테에 크리스털이 박힌 선글라스까지 완벽히 갖추긴 했지만 그것은 틀림없는 개였다. 머리통이 작고 콧잔등과 이마가 새까만, 뾰족한 귀 끝이 사람 소리에 따라 어김없이 쫑긋거리는 개. 미친 여자 아냐? 사람들 사이에서 술렁이던 말이 툭 튀어나왔다.

여자는 분개하고 있었다. 아로마 샴푸로 목욕시키고 고단백 에센스로 마무리한 아가의 윤기 있는 털과 젤리보다 말랑말랑하고 연약한 발바닥을, 싸구려 철판으로 짠 닭장 같은 우리 속에 넣어두라니, 그건 말도 안 되는 일이었다. 거기에는 충분한 양의 햇빛은 물론 양털담요를 깐 푹신한 바구니침대도, 고무공이나 저칼로리 비스킷도 없었다. 있는 것이라곤 옆칸에서 늑대처럼 울부짖는 잡종개와 앞서 그 칸에 머물렀던 개의 배설물 냄새뿐이었다. 그런 곳에 잠시라도 두었다간 아가는 심한 스트레스로 눈이 가운데로 몰리고 윤기 있는 털을 고슴도치처럼 뻣뻣하게 곤두세운 채 호흡 곤란을 일으킬 것이 뻔했다. 여자는 단호하게 여직원의 팔을 뿌리쳤다. 분노로 턱 끝이 바르르 떨렸다. 그러고는 차마 고객에게 손을 대지 못하고 멈칫거리고 있는 여직원을 어깨로 확 떠다밀며 매장 입구로 향했다.

─끌어내.

여자를 노려보고 있던 실장이 개입한 것은 그때였다. 개를 맡기기 싫다면 매장은 출입금집니다. 실장은 '개'와 '출입금지'에 힘을 줘 또박또박 말했다. 여자의 남편은 더이상 경찰청장이 아니었다. 그러므로 여자는, 기껏해야 식품 코너에서 콩나물이나 밀폐용기를 사은품으로 끼워 파는 세 개들이 깡통참치를 사가는 동네 아줌마와 다를 게 없었다. 게다가 개를 안고 자기 아들이니 함께 가야겠다고 우기는 미친 여자이기까지 했다. 행여나 후에 점장이 책임을 묻더라도 변명거리는 충분했다.

실장은 여자가 보안직원에게 양 겨드랑을 단단히 잡힌 채 S마트 정문 밖으로 떠밀려나가는 모습을 보며 씨익 웃었다. 드디어 C컵꽃띠의 문자가 오기라도 하는 건지 왼쪽 가슴팍이 간질간질해오기 시작했다.

둘. 열대어의 무덤

남자는 마음이 급했다.

열대어는 벌써 뻣뻣하게 굳어 있었다. 몸뚱이 이곳저곳에 생선 내장과 지느러미가 붙어 열대어는 더없이 비린 냄새를 풍기고 있었다. 남자가 샤워기를 열대어 머리 위에 놓고 뜨거운 물을 틀었다. 훈김이 모락모락 피어올라 욕조는 물론 욕실 전체가 흐릿하고 탁한 물방울로 가득 찼다. 욕실 거울에 비치던 남자의 완강한 등과 열대어의 알록달록한 빛이 일렁거리다 수증기 속으로 사라졌다.

열대어는 두 다리를 가슴팍에 딱 붙이고 욕조 속에 앉아 있었다. 열대어의 목덜미와 양 무릎을 더듬고 욕조 바닥으로 흘러내려 간 물이 배수구에서 뭉글거리다가 한순간에 쭈욱 빨려들어갔다.

비린내가 확 끼쳤다. 열대어의 비린내는 생선내장 때문만이 아니었다. 뜨거운 물이 반으로 쪼개진 열대어의 머리 속에 뿌려져 뱅그르르 돌고는 시뻘건 핏물이 되어 쏟아졌다. 욕실을 채운 수증기는 어찌 보면 조금 붉은 것도 같았다.

남자가 등에 손을 대자 열대어 겨드랑에서 덜 마른 생선 대가리가 툭 떨어졌다. 남자는 엉겹결에 그것을 집어들었다. 새빨간 아가미를 젖힌 고등어 대가리였다. 오늘 고등어는 전에 없이 물이 좋았다. 선명한 눈알에 핏빛 아가미, 긁힌 자국 하나 없이 쭉 빠진 등이 그랬다. 금방이라도 대가리를 비틀며 손 안에서 빠져나갈 것처럼 보이는 고등어는 회를 쳐 먹고 싶을 만큼 싱싱했다. 그래서 남자는 새벽시장에서 평소보다 두 배나 많은 양의 고등어를 발주했었다. 경매에 참여하는 손가락이 힘있게 튕겨올라갔다. 거는 족족 고등어 박스는 남자에게 떨어졌고, 고등어의 푸른 등은 한결같이 반짝거렸다. 남자가 아침부터 내내 흥분을 가라앉히지 못했던 것은 사실, 고등어 때문이었는지도 몰랐다.

남자의 등에서 땀이 소금처럼 돋아 후드득 떨어졌다. 남자는 샤워기를 끄고 열대어의 옷을 벗겼다. 조금이라도 부피를 줄여야 했다. 열대어가 입고 있던 붉은 보라색 코트는 열대어를 생선내장통에서 꺼낼 때 벌써 벗겨서 아내에게 주었다. 눈치 빠른 아내는 그것을 잘 처리했을 터였다. 날이 제법 추웠음에도 열대어는 코트 안에 짧은 체크무늬 치마와 가슴선이 움푹 파인 셔츠밖에 입고 있지 않았다. 옷은 그냥 둘까. 남자는 짧게 고민했다. 열대어 머리에서 흘러내린 피가 목줄기를 타고 움푹 파인 셔츠의 가슴골 속으로 흘러들었다. 남자는 열대어의 가슴골에 손을 넣어 셔츠를 찢어냈다. 손쉽게 찢어지는 셔츠의 알록달록한 천이 열대어의 꼬리지느러미처럼 화사하고 처연했다. 열대어의 웅크린 몸 때문에 치마는 엉덩이 뒤쪽을 칼로 찢어 생선내장 뽑아내듯 죽 잡아당겨 벗겼다.

열대어의 속옷은 흰색이었다. 순간 남자의 맥이 탁 풀렸다. 남자는 내심 조금 더 화사한 속옷을 기대하고 있었다, 열대어에 어울리는. 젖꼭지 부분이 뻥 뚫려 있는 브래지어라든가 앙증맞은 T팬티까지는 아니더라도 하다못해 색깔만이라도 화사한. 남자는 군데군데 붉게 물든 여자의 흰 팬티와 브래지어를 단번에 벗겨냈다. 남자의 행동은 죄다 빨랐지만 이것은 특히 더 재빠르고 성급해 보였다. 남자가 칼집을 넣어 속옷을 벗기는 통에 여자의 양어깨와 왼쪽 골반뼈 아래에 실처럼 붉은 금이 갔다.

열대어의 등은 선이 매끄럽고 어깨와 견갑골이 적당히 벌어져 있었지만 차고 딱딱했다. 검붉은 반점들이 물 밑에서 솟아오르는 것처럼 서서히 얼굴을 내밀고 있었다. 개중에는 벌써 인장처럼 단단히 새겨진 것들도 있었다. 열대어 옷을 벗기기 전 슬그머니 굳어 있던 남자의 아랫도리가 이내 시들해졌다.

처음부터 열대어를 죽이려고 했던 것은 아니었다. 열대어와 마주친 것은 순전히 우연이었다.

남자는 생선장사를 시작한 이래 처음으로 아파트 단지 안에다 자리를 깔았었다. 23층짜리 아파트 여섯 채가 하나같이 기골 장대한 모습으로 서 있는 것에 남자와 남자의 아내는 작게 탄성을 질렀다. 아파트는 커다란 놀이터와 회관 건물을 중심에 두고 호위라도 하듯 빙 둘러서 있었다. 겉모습은 똑같아 보였지만 평수는 제각각이었다. 가장 넓은 평수의 아파트는 다른 것보다 다섯 층이 낮았다. 대신 위에서 꾹 누른 것처럼 좌우가 넓어 실상 매끈한 다리처럼 쭉쭉 뻗은 아파트 사이에선 가장 볼품이 없었다. 저것만 아줌마 허벅지 같네. 남자의 아내가 전단지가 든 가방을 내리며 이죽거렸다.

남자는 생선트럭을 몰았다. 1.5톤 트럭 짐칸에 속이 빈 둥근 파이프로 골조를 세우고 파란색 방수포장비닐을 씌워 그 안에 생선 박스를 싣고 다녔다. 남자가 취급하는 생선은 계절에 따라 달랐지만 종류는 많지 않았다. 눈알이 개개풀어진 갈치나 고등어를 한 차 가득 싣고 다닐 때도 있었다. 처음 장사를 시작했을 때에 남자는 새벽마다 수산시장에 나갔다. 소래나 연안부두에 배 들어오는 시간을 맞춰 나가 감귤색 알이 꽉 찬 게를 사올 때도 있었다. 하지만 냉동시설이 변변찮은 트럭 짐칸으로 옮겨온 생선은 기껏해야 얼음 한 짐 지고 아이스박스 속에 누워 있다가 저녁이 되기도 전에 시큰한 물비린내를 뿜었다. 서너 개의 식당에 생선을 대주는 것도 기껏해야 사흘에 한 번, 동태나 고등어 너댓 마리가 전부였으므로 돈이 되지는 않았다. 트럭이 길모퉁이를 돌 때마다 마주치는 슈퍼들은 하나같이 거대했고, 마트에서는 일 년 사철 온갖 종류의 생선을 대가리와 내장을 발라내 비닐팩에 넣어 팔았으며, 주택가 골목에마저도 토박이 생선장수가 있었다. 남자는 난감했다. 짐칸의 생선들은 하나같이 배가 부풀어 트럭이 덜컹거릴 때마다 창자 썩는 냄새가 배를 뚫고 나왔다. 수산시장 가는 횟수가 하루에서 이틀, 사흘, 급기야는 일 주일까지 간격이 벌어졌다. 남자는 짐칸 천막을 걷을 때마다 달려드는 생선 썩은내에 속이 뒤집혔다.

그런 남자에게 아파트 단지를 돌아보라고 권한 것은 남자의 여동생이었다. 설과 추석, 일 년에 두 번 보는 것 외에 왕래가 없던 여동생은 자신이 살고 있는 아파트 부녀회장을 맡은 뒤로 오지랖이 넓어졌는지 남자에게 전화를 해 전에 없이 길게 떠들어댔다.

— 아파트로 들어가면 경비가 시끄럽다고 쫓아낸다고? 에구, 이 벽창호 같은 양반아! 트럭 들어와서 마이크 틀어놓고 왕왕대면 어느 경비가 그냥 둬?

남자의 여동생은 짧게 혀를 끊어 찼다. 실제로 남자는 아파트 단지에 들어갔다가 망신을 당하고 쫓겨나온 경험이 여러 번 있었다. 단지 내에 도로까지 뚫린 대형단지는 경비가 달려오는 시간이 좀 길겠거니 싶어서 짐칸을 좀 열어놓을라치면 생선 비린내가 채 퍼지기도 전에 자전거를 탄 경비가 달려왔다. 그나마도 경비가 뜸

하고 부지가 넓은 주공아파트나 그 정도지 다른 곳은 정문을 통과하는 것조차 힘들었다. 들어오는 차량을 일일이 검사하기 위해 백화점 주차장처럼 차량통제용 바를 설치한 곳도 있었고, 아파트 라인마다 경비초소가 하나씩 붙어 있는 곳도 있었다. 건물 하나에 총 여덟 개의 관리실과 경비가 달려 있는 아파트에서 쫓겨난 것을 마지막으로 남자는 아파트 단지에 들어가 장사하겠다는 생각은 아예 접고 있었다.

─그런 고급 아파트야 경비가 두름으로 엮여 있는 게 당연하잖아. 넘볼 걸 넘봐야지. 더구나 그런데 사는 사람들이 백화점에서나 쇼핑하지, 트럭 생선을 사먹는 줄 알아?

답은 돈이야, 돈. 남자의 여동생은 산뜻하게 결론부터 내밀었다. 서너 채, 많게는 예닐곱 채로 이루어져 있는 서민형 아파트의 경우 관리실이 보통 정문과 후문, 두 개로 끝난다는 여동생의 말에 남자는 심드렁하게 대꾸했다.

─그럼 뭐 해, 그렇게 작은 곳에서는 금방 들켜서 끌려나올 텐데.

─그러니까 소금을 쳐야지. 아파트에도 노점상이나 트럭 장사들 다 들어와. 사람이 융통성이 있어야지. 미리 소금 좀 뿌리면, 장사할 데야 널렸다니까.

─소금?

─아파트 단지에 가면 제일 먼저 경비실부터 가. 생선 좋은 거 몇 마리 쥐여주고 여긴 언제 빕니까? 한번 물어보면 끝이야. 경비

가 부녀회장한테 가보라 그럴 거야. 생선이 안 먹히면 거기다 잔
소금 좀 뿌려주고. 부녀회장이랑은 돈으로 계산해. 좋은 날 잡아
달라고 돈 좀 더 얹어주면 적어도 주말은 안 줄 거야. 주말? 주말
에 누가 트럭에서 생선을 사, 아파트가 텅텅 비는데. 마트고 슈퍼
고 사방에 깔린 게 가게잖아. 사람들이 출퇴근하다 보고 사려면
평일이 제일이지. 아무튼, 부녀회장하고 쇼부를 보란 말야. 잘만
거래하면 자리 내주는 건 물론이고 홍보도 해줘. 관리실에서 각
집에 인터폰으로 방송을 해준다구.

남자의 여동생은 말끝을 희미하게 끌어올리며 웃었다.

—시험적으로, 우리 아파트에서 한번 해볼래? 다른 사람도 아
니고 오빠니까 내가 좋은 날로 잡아줄게.

남자는 여동생이 흘린 듯이 발음한 '오빠'라는 단어에 움찔했
다. 그것이 혈육을 부르는 정감 있는 단어가 아니라 지난주 딱 한
번 가본 룸살롱 아가씨가 겨드랑 밑을 파고들며 흘리던 교태스러
운 단어로 들렸기 때문이었다.

다음날 찾아간 여섯 채짜리 아파트 단지에서 여동생은 지하주
차장으로 내려가는 문 옆에 있는 후문 쪽 작은 공터를 내주었다.

—우린 장사 오는 사람들 다 여기서 하게 해. 이래봬도 버스정
류장이 후문 위쪽에 있어서 저녁시간 되면 사람들이 정문보다 더
많이 드나들어. 그때 장사만 제대로 하면 수십만원은 문제없다니
까! 우리 아파트 들어오는 사람들은 다 대박이라 자리다툼이 심

해서 날짜 빼기도 힘들었다구.

　남자의 여동생은 빠르게 말을 마치고 단지 안으로 들어가버렸다.

　남자와 남자의 아내는 등받이 없는 낚시의자처럼 생긴 접이탁자를 펴서 일렬로 세우고, 그 위에 얼음을 넉넉히 깐 스티로폼 생선박스를 놓았다. 겨울이라 생선 위에 얼음을 더 얹을 필요는 없어 보였다. 남자는 고등어를 보기 좋게 늘어놓으며 싱긋 웃었다. 사실 공터는 아파트 단지에 등을 돌리고 앉은 꼴인데다가 오가는 사람도 보이지 않았지만, 동생 말대로 버스정류장이 코앞이고 버스를 타지 않는 사람들은 지하주차장에 차를 세우고 이쪽 문으로 올라올 테니, 어떻게 생각해도 다른 곳보다는 괜찮을 것 같았다.

　남자는 깔아놓은 생선박스 뒤쪽으로 나무도마와 칼을 놓고, 그 옆에 허리춤까지 닿는 커다란 양철통을 끌어다놓았다. 칼은 새로 샀지만 통나무 밑동을 잘라낸 것같이 둥그런 나무도마와 생선내장을 버리는 양철통은 수산시장에서 얻은 것이었다. 도매상이 쓰던 것이니만큼 지나치게 우직하고 크긴 했지만 남자는 그것들이 마음에 들었다. 오늘 같아서는 고등어를 죄다 팔아 양철통에 고등어 대가리와 발라낸 내장을 가득 채울 수도 있을 것만 같았다.

　남자는 한동안 양철통 옆에 서 있었다. 도로변이나 골목에서 장사를 할 땐 추위 때문에 '갈치 사세요— 싱싱한 갈치가 다섯 마리에 만원—'이 양면 가득 녹음된 테이프를 틀어놓고 트럭 안에 들어가 있었지만, 공터에서는 두꺼운 비닐로 만들어진 사각천막이 어느 정도 추위를 막아주고 있었으므로 그럴 필요가 없었다. 이건 부녀회 비품인데, 오빠한테만 특별히 빌려줄게. 남자를 천막이 있는 지하창고로 데려가며 남자의 여동생이 낮게 속삭였다. 그 목소리가 누군가를 떠올리게 할 만큼 은밀하고 음산해서 남자는 밭은 기침을 했다. 내가, 사장님한테만 특별히 서비스해줄게. 거침없고 당돌하던 여자의 잔상이 천막을 설치하는 남자의 망막에 잠시 달라붙었다가 사라졌다.

남자의 여동생이 호언장담한 것과는 달리 남자는 공터에 자리를 깐 지 두 시간이 지나도록 단 한 마리의 고등어도 팔지 못했다. 남자는 칼등이 얇고 면이 넓은 칼로 나무도마를 턱턱 찍었다. 칼은 남자가 가지고 있는 것들 중 유일한 새것이었다.

수산시장에 있는 점포를 정리하고 아내 명의로 식당을 하나 열었다면서 남자에게 나무도마와 생선내장 담는 양철통을 준 사내는 남자보다 겨우 다섯 살이 많을 뿐이었지만 유난히 등이 굽고 얼굴이 조글조글했다. 사내는 본래 그것들과 함께 고무다라이 네 개와 자신이 쓰던 칼도 남자에게 주려 했었다.

—잘 된 사람 칼이니 받아둬.

사내가 말했다. 남자는 대답 대신 사내의 칼을 한번 쥐어보았다. 사내의 칼은 칼자루가 자치기 나무처럼 둥글고 단단했다. 시커멓고 둥근 날이 숫돌에 갈린 자리만 허옇게 벼려져 있었다. 손아귀에 쥐기에 좀 두꺼운 칼자루는 사내의 손에 길이 들어 반질반질했다.

―다른 사람 손에 길든 칼은 못 써요.

남자는 되도록 정중하게, 그러나 단호하게 말했다. 네 개의 고무다라이도 식당에서 김치 비빌 때나 쓰라고 돌려줬다. 생선을 뱃속 가득 집어넣고 호스에서 쏟아지는 물을 줄기차게 뿜어내던 고무다라이는 반갑지 않았다. 무엇보다 냉동생선이나 이미 죽어 뻐드러진 생선만 골라 파는 남자에겐 달리 쓸 곳도 없었다. 배를 허옇게 뒤집는 생선을 굳이 물에 띄울 필요는 없는 것 아닌가. 하지만 사내의 나무도마와 양철통은 마음에 들었다. 생선 대가리를 쳐낸 사내의 칼이 날카로운 이빨로 꽉 물어 잡는 것처럼 나무도마에 꽂힐 때, 날카롭게 허공을 내리그은 가느다란 칼날이 나무도마에 턱 박힐 때, 남자는 숨이 멎는 것을 느꼈다. 나무도마에 꽂힌 칼은 그 어느 때보다도 날렵하고 요염해 보였다.

남자는 사내의 것보다 더욱 희고 깨끗한 칼을 원했다.

남자는 칼을 일일이 쥐어보고 샀다. 칼 파는 사람의 인상이 차츰 찌푸려졌지만 그런 것은 개의치 않았다. 남자는 울퉁불퉁하고 옹이가 진 자신의 손에 딱 맞는 칼을 원했다. 날이 희고 차가운 칼은 가볍진 않더라도 날렵해야 했다. 허공을 내리그을 때 날카롭고도 싸늘한 바람소리가, 튕겨져나온 낚싯줄처럼 핑 손목을 휘감아 귓가에 닿아야 했다. 남자는 시험 삼아 칼을 허공에 몇 번 그어보았으나, 박을 곳이 없는 칼은 나무도마 위에서처럼 속도감 있고 결단력 있게 그어지지 않았다. 결국 남자는 칼자루와 날의 생김새에 집중해 칼을 골랐다.

마지막으로 남자가 집은 칼은 어떤 상표도 붙어 있지 않았다.

─그건 샘플로 몇 개만 들여온 거요.

칼 파는 사람이 짜증스럽게 말했다.

─지붕도 안 선 공장에서 뭘 만들긴 만드는 건지, 당최. 그래봬
도 날은 여기서 제일이오.

칼자루는 기묘하게 생겼지만 칼 파는 사람 말대로 칼날 하나는
기가 막혔다. 희고 수려한 칼날이었다. 남자는 명란젓처럼 생긴
칼자루를 손에 쥐었다. 남자가 꾹 쥐었다 놓은 찰흙덩어리를 그대
로 굳혀놓은 것처럼 칼자루는 남자의 손에 꼭 맞았다. 망설일 필
요도 없었다. 남자는 마땅히 넣을 상자조차 없는 칼을 신문지로
둘둘 말아 그냥 들고 나왔다. 길 가던 사람들이 남자의 손에 들린
신문지에서 얼핏얼핏 드러나는 칼의 윤곽에 술렁였지만 남자는
경찰에 신고만 들어가지 않는다면 자랑이라도 하듯 칼을 내보이
며 걸어가고 싶었다. 피잉─남자의 귀에 나무도마를 향해 내리쳐
지는 칼의 울림이 들렸다.

그러나 실제로 칼이 피잉, 하고 우는 일은 없었다. 칼은 물론 날
렵하고 도도했지만 바람에 울리지는 않았다. 가끔 휘익, 하는 바
람소리는 났다. 그래도 남자는 칼을 손에 쥐고 있는 것이 좋았다.

─전단이라도 좀 치고 와야겠네.

지루한 표정으로 생선박스를 뒤적거리며 녹은 얼음을 골라내

던 남자의 아내가 전단지 뭉치가 든 가방을 들고 일어섰다. 남자의 아내는 전단지 치는 일을 시작한 후 어딜 가나 전단지 든 가방을 메고 다녔다. 전단지의 종류도 다양했다. 아이들 놀이방이나 태권도학원 전단지일 때도 있었고 차를 담보로 받는 대출 전단일 때도 있었다. 차 대출 전단은 꼭 명함만한 크기였다. 아내는 이곳저곳에서 전단을 떼어왔는데, 전단에 따라 가격이 이십원부터 천오백원까지 다양했다.

확, 쓰레기통에 처넣고 싶어. 노란 고무밴드로 묶은 전단지 뭉치를 새로 받아올 때마다 아내는 그렇게 말했다. 남자가 고개를 끄덕여주면 반대로 아내가 고개를 저었다. 전단을 제대로 뿌렸는지 감시하는 사람이 구역마다 있다고 했다. 전단을 가져갈 때 아내가 맡기로 했던 구역을 차로 싸악 돌면서 빠진 곳은 없는지, 전단이 대략 몇 장이나 들어갔는지 살핀다는 것이다. 그 사람의 말에 따라 아내는 돈을 적게 받을 수도 있고, 아예 일을 못 하게 될 수도 있었다. 남자의 아내는 가끔 그 사람의 차에 음료수나 고등어를 쟁여주었다.

아내가 가방에서 꺼낸 것은 미술학원 전단지였다. 일부러 구역을 골라 받아왔는지 아파트 길 건너에 있는 미술학원이었다. 이런 건 백 장 해봐야 사천원도 안 돼. 아내가 손에 쥔 전단지를 헐겁게 말면서 아파트 단지로 걸어갔다. 우편함에 꽂는 전단지인 모양이었다.

명함만한 크기의 차 담보대출 전단지는 일일이 차에다 꽂았다. 운전석 유리창에, 차 주인이 문을 열다 볼 수 있도록 손잡이 바로 위에다. 유리창과 문틈으로 빠져버리는 일이 생기지 않도록 전단지 오른쪽 귀퉁이를 손톱 반만한 크기로 접는 것도 아내의 일이었다. 남자는 식당에 생선을 납품하러 가다가 아내가 차에 전단 꽂는 모습을 본 적이 있었다. 수건으로 머리를 둘둘 싸고 모자까지 눌러쓴 아내는 전단을 한 움큼 쥐고 차 옆에 바짝 붙어 걸어가다 엄지손가락을 사용해 한 장을 쓱 밀어꽂았다. 귀퉁이 접기는 다음 차로 이동하는 사이에 했다. 아내의 손은 소매치기처럼 절묘하게 움직였다. 아내가 주차되어 있는 차로 다가섰다 싶으면 아내의 빠른 걸음은 벌써 이십 미터쯤 멀어진 후였다. 아내가 스친 자리엔 일정한 각도로 기울여서 꽂아둔, 귀퉁이 접힌 전단지만 남아 있을 뿐이었다. 간혹 운전석에 앉아 있던 사람이 창문을 열고 아내에게 뭐라 할 기색을 보이기도 했지만, 그 사람들은 이내 소리칠 타이밍을 놓치고서 멀어진 아내의 등만 어이없이 바라보았다. 아내의 전단 꽂는 솜씨는 그야말로 프로였다.

주택 단지가 아닌 공단 같은 곳에서 꽂는 전단은 조금 달랐다. 전단 크기는 여러 가지였는데 대체로 색이나 문자가 화려했다. 안마시술소나 나이트클럽 전단은 한 장에 오백원씩 준대. 아내는 상기된 뺨으로 말했었다. 차 앞유리에 와이퍼를 살짝 올리고 끼워넣으면 그만이라는 말도 했다. 아내는 공단 도로변에 주차된 차들 사이를 도둑고양이처럼 빠르게 오갔다. 그런 유의 전단은 구역싸움이 많기 때문이었다.

생선가게처럼 안마시술소와 나이트클럽은 넘쳐났다. 매일같이 새로운 업소가 생기고 지난번 업소가 재오픈했기 때문에 전단도 끊이지 않았다. 그만큼 구역싸움도 치밀해 남의 구역에 들어가 몰래 전단을 치다 걸리면 치도곤을 당하기도 했다. 말하자면, 한 장에 오백원이라는 전단지 가격은 위험수당이 포함된 것이었다.

남자는 가끔 아내의 가방에서 벌거벗은 여자 사진이 찍혀 있는 명함 전단을 한 장씩 빼내곤 했다. 종류별로 꽤 많은 양을 빼냈지만 만삭으로 부푼 아내의 가방은 좀처럼 줄어들지 않았다. 그것에 남자는 안도하면서도, 때때로 서글펐다.

아내가 미술학원 전단지를 돌리러 간 사이 남자는 고등어를 손질했다. 마트에 진열되어 있던 비닐팩 속 손질된 생선이 떠올랐기 때문이었다. 머리와 꼬리가 잘리고 내장이 발려져 일회용 용기 속에 얌전히 드러누운 몸뚱이. 그것들은 생선이 아닌 것만 같았다. 비닐팩을 뜯더라도 생선 비린내 따위는 전혀 날 것 같지 않은 정갈한 몸뚱이. 언젠가 남자에게서 생선을 사던 동네 여자의 아이가 미간을 납작하게 구기며 물었었다. 엄마, 저게 뭐야? 생선. 생선? 너 좋아하는 고등어잖아. 고등어? 고등어가 뭐 저렇게 생겼어, 눈이 있잖아. 남자는 고등어의 머리를 뚝 잘라내다 멈칫했다. 동네 여자가 남자를 향해 멋쩍게 웃었다. 얘는 글쎄, 마트에서 파는 생선만 봐서 생선은 다 머리가 없는 줄 알아요.

타악. 남자는 고등어 머리를 힘있게 잘라냈다. 반동으로 고등어의 검푸른 등이 꿈틀 튀었다. 남자는 살아 있는 고등어를 만지는 것 같아 기분이 좋아졌다. 잘려나가는 꼬리 밑동도 튼실하니 두껍다. 단단하고 탄력 있는 등을 손끝으로 누르고 배 밑을 일렬로 가르자 검은 내장이 드러난다. 칼을 넣으면 창자 썩은내가 푸싯거리며 새어나오는 부푼 배가 아니다. 그런 배는 칼 넣은 부분이 풀피리처럼 파들파들 떨리며 뱃가죽이 주저앉았다. 고등어는 칼을 넣어 배를 갈라내도 가죽이 내려앉기는커녕 갈린 모양 그대로 서 있다. 살점도 야무지고 내장도 흐늘거리지 않는다. 남자는 칼끝으로 내장이 다치지 않게 살살 긁어낸 뒤 잘린 머리, 꼬리와 함께 칼 옆면으로 가볍게 튕긴다. 고등어 머리를 선두로 양철통에 쏙 들어가는 그것들을 남자의 시선이 따라간다. 남자의 칼질에 속도가 붙는다. 도마 위에 연한 속살을 드러낸 고등어가 하나둘 쌓여가고, 남자는 잘 손질된 몸뚱이를 도마 가장자리로 밀어둔 채 다음 고등어를 손질하기 시작했다.

열대어가 나타난 것은 남자가 손질된 고등어 몸뚱이를 여덟 개째 나무도마 위에 밀어놓았을 때였다.

— 잘나가는 횟집 사장님이 여긴 웬일이래?

비아냥거림이 명백한 목소리가 칼등을 타고 남자의 몸에 꽂혔다.

— 뭐? 낮에 횟집 나와 일을 하면 일당을 십만원씩 줘? 그래, 그

잘나가는 횟집은 어디다 두고 여기서 고등어 배나 따고 있어? 일주일 만에 말아드셨나?

키들키들 웃는 열대어를 바라보는 남자의 얼굴이 창백해졌다. 틀림없는 열대어였다. 남자는 자기도 모르게 손에 들려 있는 명란젓 같은 칼자루를 꽉 쥐었다.

열대어를 만난 것은 일 주일 전이었다. 남자는 생선트럭을 몰고 동네를 돌다가 나무도마와 양철통을 주었던 사내가 새로 낸 식당이 그 근처라는 걸 깨달았다. 사내를 본 지도 서너 달이 넘어가고 있었다. 남자는 얼굴이나 보고 갈까 싶은 마음에 사내의 식당 쪽으로 차를 돌렸다. 수산시장을 오가며 우연히 알게 된 사람이었지만 생선 대가리를 아깝지 않게 쳐내는 법도 생선내장 깨끗이 발라내는 법도 모두 사내에게 배웠다. 칼을 어떻게 써야 하루 수백 마리를 토막치고도 손목이 건재할 수 있는지 일러준 사람도 사내였다. 트럭 짐칸에선 한 마리에 천원 하는 갈치들이 꼬챙이처럼 말라가고 있었지만 남자는 사내를 만날 생각에 기분이 좋아졌다.

사내는 생각 이상으로 남자를 반겼다. 일하는 아이를 불러 자신이 보고 있던 카운터를 맡기고 사내는 식당 한복판 자리에 남자의 상을 손수 차려주었다. 솥뚜껑에 굽는 삼겹살은 담백했다. 마주앉아 직접 고기를 구워주는 사내에게 남자는 생선은 이제 안 하나봐요, 했다. 아주 지긋지긋해, 그건. 사내는 밑반찬으로 나온 뾰족한 꽁치 대가리를 가위 끝으로 툭툭 치며 웃었다. 남자도 따라 웃었지만 혹시라도 비린내가 새어나올까봐 자신의 양 손바닥을 허벅지에 딱 붙였다.

　—내 좋은 데 데려가주마.

　소주 서너 병이 오간 뒤에 사내가 남자의 팔을 잡아끌었다. 남자가 반사적으로 손을 움츠렸지만 이제 남자에게선 매캐한 삼겹살 냄새밖에 나지 않았다. 사내는 카운터를 지나면서 계산대 위에 놓인 박하사탕을 한 움큼 쥐어 한 알을 까 입에 넣고는 나머지를 남자의 주머니 속에 넣었다.

　생선장수 때려치우고 나서 제일 좋은 건 이거지. 사내가 힘있게 밀고 들어간 문은 그다지 화려하지 않은 소규모 룸살롱의 것이었다. 남자는 큰 걸음으로 앞장서는 사내를 보며 아까 처음 만났을 때부터 어딘가 생소하게 느껴지던 것이 무엇 때문인지 깨달았다. 유난히 굽어 사내를 예순 먹은 노인네처럼 보이게 하던 등이 완전히는 아니더라도 몰라보게 곧아져 있었던 것이다. 덕분에 사내는 활기차고 당당해 보였다. 통로에 붙어 있는 작은 거울이 남자의 굽은 등을 흘끔거리다 멀어졌다.

　사내는 '스페셜'이 붙은 건 아니지만 무시받지 않을 정도의 안주와 양주를 시켰다. 그냥 소주나 하시지. 목 밑까지 올라온 말을 남자는 필사적으로 눌렀다. 주문을 받으면서 웨이터가 자꾸만 자신의 허름한 점퍼와 모직바지에 시선을 주었기 때문이었다. 사내는 호기롭게 여자 둘까지 주문하고는 웨이터 포켓에 만원짜리 지

폐를 찔러주었다.

깡마른 여자와 덜 마른 여자, 둘이 들어왔다. 남자의 옆에 앉은 건 깡마른 쪽이었다. 몸통은 보통이었지만 드러난 팔다리가 얇고 길어 여자는 더욱 왜소하고 말라 보였다. 깡마른 여자는 처음엔 가슴선이 움푹 파이고 알록달록한 문양이 들어간 원피스로 감싸진 엉덩이를 남자에게서 멀리 떨어뜨려 앉았다. 그런 바닥에 있다 보면 일한 지 십오 일만 지나도 속주머니 두꺼운 지갑을 가진 게 어느 쪽인지 알게 되는 게 여자들이다. 시큰둥한 표정으로 남자에게서 멀찍이 떨어져 앉아 있는 깡마른 여자를 보며 사내가 자신의 지갑을 남자 쪽으로 홱 밀어놓았다.

—이분이 얼마나 잘 나가는 횟집 사장님인지 들으면 늬들은 까무라칠걸? 가슴팍 두둑이 채워가고 싶으면 알아서 모시라구.

사내의 허풍에 여자들은 소리없이 코웃음을 쳤다. 알아서 까무러칠 정도의 위인은 이런 동네 룸살롱엔 오지도 않는다는 걸 누구보다 잘 알고 있는 여자들이다. 그러나 일단 돈이 나올 지갑이 눈앞에 놓여 있다면 사정은 달라진다. 깡마른 여자는 엉덩이를 남자 쪽으로 반 뼘쯤 옮겼다. 기왕 이렇게 된 거 매상이나 단단히 올려놓고 퇴근하자. 술잔을 잡는 여자의 깡마른 손목에 얇게 핏줄이 섰다.

—어이, 열대어.

남자가 깡마른 여자를 열대어라 부른 것은 2차로 나간 여관방에서였다. 남자는 거나하게 취해 있었다. 사내는 비칠거리는 남자와 여자를 여관방에 밀어넣고 사라졌다. 사내가 집으로 돌아간 건지 덜 마른 여자와 다른 방을 잡은 건지 남자는 알 수 없었다. 남자의 눈에는 지느러미를 팔락거리는 열대어 한 마리가 어른거릴 뿐이었다.

　―회도 못 쳐먹는 열대어를 누가 여기다 풀어놨어?

　남자는 짐짓 악을 쓰며 열대어의 비늘을 벗겼다. 둥그런 나무도마 위에 올려놓고 대가리와 꼬리를 턱턱 잘라내고 싶다는 욕망이 남자의 아랫도리에 뭉쳐 꿈틀거렸다.

　―회를 못 치면 통째로 씹어먹으면 될 거 아냐.

　담배를 문 열대어가 신경질적으로 대꾸했다. 열대어의 취한 팔다리가 상한 내장처럼 흐늘거렸다. 옷을 다 벗겼는데도 열대어의 몸은 얼룩덜룩했다. 열대어는 주둥이처럼 작고 뾰족한 가슴을 가지고 있었다. 남자는 열대어의 몸 위에 고등어처럼 짧게, 여러 번 사정했다. 열대어의 입에 물려 있던 담배가 치이익 이불에 찍혔다. 술에 취한 열대어가 비죽거리며 남자를 비웃다가 잠에 빠져들었다.

　남자는 한 시간도 지나지 않아 잠에서 깼다. 몽롱한 시선 속에 널브러져 자고 있는 열대어의 모습이 들어왔다. 열대어는 생각보다 매끄러운 등을 가지고 있었다. 구석에 허물처럼 벗겨진 열대어의 원피스와 꽃자주색 속옷이 보였다. 열대어의 마르고 긴 다리와 배꼽 위에 퍼져 있는 회뿌연 자국들을 힐끔거리던 남자는 덜컥 두

려워졌다. 남자에게는 꽃자주색 브래지어를 두둑하게 채워줄 돈이 없었다. 사내가 어디까지 계산을 하고 갔는지도 모를 일이었다. 남자는 살금살금 일어나 옷을 주워입었다. 마지막으로 걸친 점퍼 주머니에서 투두둑 박하사탕 한 줌이 떨어지는 바람에 남자는 뒤도 돌아보지 못한 채 줄행랑을 쳤다. 여관방을 빠져나오는 남자의 몸에서 삼겹살 냄새와 찐득한 술냄새, 노린내 나는 여자 살냄새가 뒤섞여 걸을 때마다 뚝뚝 악취가 떨어졌다.

　그런데 그 열대어가 지금 남자의 눈앞에 있는 것이다.

　열대어는 거침없이 천막 안으로 들어와 남자의 턱밑에 머리를 들이밀었다. 남자는 멈칫 뒤로 물러섰다. 이기죽거리는 열대어의 말은 너무 빨라 다 알아들을 수가 없었다. 그러다 문득, 한 문장이, 불꽃이 탁 튀는 것처럼 선명하게 날아와 남자의 몸을 꿰뚫었다.

　─꽃값이나 떼먹으니까 새꺄, 니가 그 나이 되도록 생선 배나 따고 있는 거야, 이딴 눈깔 풀린 고등어 배나.

　남자가 팔을 휘두른 것이 그 나이 되도록 생선 배나 따고, 에서였는지 눈깔 풀린 고등어, 에서였는지 남자는 알 수 없었다. 열대어의 말이 끝나고 나서 남자가 팔을 휘둘렀는지, 남자가 휘두른 팔 때문에 열대어의 말이 끊긴 건지조차 정확하지 않았다.

　열대어의 머리는 잘 익은 수박처럼 쩌억 쪼개져 있었다.

　남자는 당황했다. 열대어의 밉살맞은 머리통을 한 대 갈겨줄 생각뿐이었는데 자신의 손에 방금 전까지 고등어 대가리를 자르던 칼이 쥐어져 있다는 것을 깜빡한 것이다. 그것도 칼날이 날렵하고 시퍼렇게 벼려진 새 칼이. 열대어의 머리는 거짓말처럼 쪼개졌다. 균형을 잃은 열대어의 몸이 휘청대다 남자를 스쳐 생선내장을 담는 커다란 양철통에 머리부터 거꾸로 처박히는 것을, 남자는 커다랗게 뜬 눈으로 바라보았다.

우뚝 멈춰 있던 남자의 눈에 아내가 보였다. 입을 딱 벌린 채 주저앉은 아내와 시선이 마주치는 순간 남자의 상체가 고등어처럼 펄떡 뛰었다. 남자는 양철통에 반쯤 박힌 열대어의 남은 하체를 마구잡이로 밀어넣었다. 무릎을 접어 힘껏 내리누르자 양철통이 열대어의 몸으로 꽉 찼다. 남자는 손에 딱 붙어 있던 칼을 양철통 속에 함께 넣었다. 좁은 틈 사이에 억지로 쑤셔넣자 무언가가 칼 끝에 걸려 지이익 찢어지는 소리가 들렸다. 양철통 입구는 검은 비닐봉지를 펼쳐 덮었다.

—이리 와, 밑에서 받쳐.

남자의 목소리가 아내의 몸처럼 푸들거렸다. 아파트 단지에 등 돌린 형태로 세워진 천막 근처엔 아무도 없었다. 남자는 양철통을 들어올려 트럭 짐칸에 넣으려다가 휘청했다. 남자의 아내가 반사적으로 팔을 뻗어 양철통 밑을 받치다가 양철통 밖까지 느껴지는 뜨끈한 기운에 질겁을 하며 물러섰다.

—여기서 쏟으면 죽는 거야, 당신도, 나도.

단호해진 남자의 목소리가 아내의 귓속에 차올랐다. 남자는 허벅지와 종아리에 힘을 넣어 양철통을 트럭 짐칸에 밀어넣었다. 그러고는 짐칸 가장 안쪽 파이프에 노끈으로 칭칭 묶어 양철통을 고정시켰다.

생선박스를 짐칸에 넣고 접이탁자를 끌어오는 남자의 손놀림은 다른 구역에 몰래 들어가 나이트클럽 전단을 꽂고 오는 아내의 그것만큼 신중하고 재빨랐다.

— 이것만 넘기면 돼, 이것만.

아이스박스에 고인 물과 생선박스에서 녹은 얼음물을 바닥에 뿌린 남자의 아내가 신발 바닥으로 몇 방울의 핏자국을 북북 비벼 지웠다. 충혈된 눈에서 눈물이 후드득 떨어졌다. 양철통에 곧장 고꾸라져서인지 열대어의 피는 남자의 얼굴과 고등어들에 조금 튀었을 뿐 바닥은 의외로 깨끗했다. 남자의 아내는 남은 물을 고등어박스에 뿌리고는 설거지하는 것처럼 고등어를 박박 문질렀다. 손끝에서 고등어 껍질이 살갗처럼 밀려나왔다.

— 이것만 넘기면 돼, 이것만 넘기면.

몇 번이나 시동을 꺼뜨리고 나서야 겨우 트럭을 출발시키는 남자 옆에서 남자의 아내가 두 손을 꽉 쥔 채 중얼거렸다. 얼음물로 고등어를 비벼 닦은 손은 얼음이 박혀서인지 피가 묻어서인지 벌겋게 부풀어 있었다. 남자는 둥지라도 튼 것처럼 둥글게 모여 앉아 있는 아파트 단지를 빠져나오며 어쩌면 아내는 전단을 칠 때도 지금과 똑같은 말을 하고 있을지도 모른다고 생각했다. 이것만 넘기면 돼, 이것만. 아내를 따라 중얼거리는 남자의 귀 뒤로 피잉, 바람을 가르던 칼날의 울음소리가 잠시 머물다가 사라졌다.

트럭은 같은 곳에서 세 번이나 길을 잃었다. 자신의 손바닥만큼이나 훤한 길인데도 남자는 누가 그 손바닥에 칼질이라도 해놓은 것처럼 매번 틀린 길로 들어섰다. 조수석에 앉은 남자의 아내가 숨을 죽여 끅끅 울었다. 눈에 띄게 허둥대면서 같은 길을 맴돌고 있는 트럭을 눈여겨보는 사람이라도 있다면 큰일이었다. 남자는 네번째 유턴을 하다 말고 발을 쾅 굴렀다. 트럭이 요동치듯 옆구리를 비틀었다가 쏜살같이 달려나가기 시작했다.

남자의 아내가 천막 안에 여자가 들어가는 것을 본 것은 마지막 단지에 전단을 다 넣었을 때였다. 후문으로 나가는가 싶었던 붉은 보라색 코트를 입은 여자가 힐긋하더니 천막 안으로 빨려들어가듯 사라졌다. 드디어 첫 손님인가? 전단을 돌리는 내내 천막 쪽에 신경이 곤두서 있던 남자의 아내는 조금 안도했다. 남자의 여동생이 내준 자리는 실로 형편없었다. 돌아앉은 아파트 등짝만 보이는 자리도 그랬지만 그나마도 둘러쳐진 천막 때문에 시야가 반 이상 가려지는 것이 더욱 그랬다. 후문에 바싹 붙어 그 옆으로 들여다보지 않고서는 비쭉 솟은 비닐천막만 어른거릴 뿐 그 안에 무엇이 들었는지 전혀 보이지가 않았다. 남자 여동생의 말대로 후문 위에 버스정류장이 하나 있기는 했지만 그것은 달랑 노선 하나짜리 마을버스 정류장이었고, 시내버스 정류장은 정문 옆에 있었다.

빌어먹을 년! 남자의 아내는 의기양양하게 떠들어대던 여동생의 탐욕스럽게 겹쳐진 턱을 떠올리며 욕설을 내뱉었다.

남자의 아내는 좀 빠른 걸음으로 천막을 향해 갔다. 남자가 최근 해온 것으로는 드물게 오늘 고등어는 물이 좋았다. 살이 오른 몸통과 두툼하게 뻗어나온 꼬리가 대번에 시선을 사로잡았다. 대가리와 내장을 떼어내고 나면 드러난 발긋한 살점은 간장이나 고추장에 조리기가 아까울 정도로 투명할 것 같았다. 남자의 아내는 저도 모르게 침을 꼴깍 삼켰다. 오늘 장사가 혹시 잘 되더라도 고등어 서너 마리는 따로 챙겨둘 참이었다. 기름에 튀겨 단단하고 바삭해진 껍질을 찢으면 그 사이로 비어져나올 희디흰 살점.

남자가 생선장사를 시작한 후로 남자의 아내는 생선에 욕심을 내본 적이 없었다. 시큼한 물이 비짓비짓 흘러나오는 고등어나 갈치를 간장에 조려 먹는 것엔 신물이 났다. 그런데 오늘은 유별나게 고등어가 욕심났다. 저걸 실고추를 잔뜩 얹어 찜을 할까 바삭바삭하게 기름에 튀길까. 고등어를 어떻게 요리할까 궁리하며 천막에 다다른 남자의 아내는 목을 죽 뻗어 남자를 부르려다가 그 자리에 털썩 주저앉았다.

순간 남자가 오싹하리만큼 빠르고 절도 있는 동작으로 여자의 머리통을 칼로 내리친 것이었다.

남자의 아내는 오른손을 끊임없이 쥐었다 폈다 하는 남자를 바라보았다. 감전된 사람처럼 남자의 몸에는 잔떨림이 남아 있었다.

도대체 왜? 남자의 아내는 다시금 눈물이 쏟아질 것 같은 눈을 부릅떴다. 양철통에 손을 댔을 때 느껴지던 뜨끈한 체온이 아직도 두 손에 생생하게 남아 있었다. 게다가 미약하게 느껴지던 움직임까지도. 여자는 아직 살아 있는지도 몰랐다. 남자의 아내는 두 손을 가랑이 사이로 밀어넣은 뒤 꽉 눌렀다.

— 하, 한강에다 던져버릴까?

남자의 아내는 이를 악물고 말했다. 입 안 어딘가에서 날카로운 통증이 퍼졌다. 남자의 아내는 어떻게든 이 상황에서 벗어나고 싶었다. 트럭이 덜컹거릴 때마다 짐칸에서 들려오는 소음이 여자의 비명인 것 같아 남자의 아내는 겁에 질려 있었다. 큰길로 나가자 남자는 동네에서보다 두리번거리는 횟수가 더 많아졌다. 멀리서 사이렌 소리라도 들리면 트럭의 속도를 무턱대고 높이거나 길가에 완전히 세워버리거나 했다. 흥건히 고인 땀 때문에 남자의 이마가 번들거렸다.

— 한강에서 죽는 사람 많잖아. 시, 시체도 찾기 힘들다며. 일단 던져버리고 나면 나중에 발견해도 자, 자살인 줄 알거야.

— 대가리 쪼개고 양철통에 처박혀서, 자살?

남자의 목소리가 전에 없이 냉정해 남자의 아내는 더욱더 눈앞이 캄캄해졌다. 설령 운 좋게 아무와도 마주치지 않고 양철통을 한강에 밀어넣는다 하더라도 그걸 자살로 볼 사람은 아무도 없었다. 게다가 양철통이 물에 뜨기라도 해버리면— 남자의 아내는 이제 턱까지 덜덜 떨고 있었다.

큰길을 따라 무조건 직진하고 있는 트럭 안에서 남자의 표정이 딱딱하게 굳어졌다. 건물과 사람들이 차창에 어렸다가 순식간에 사라졌다. 말없이 창 밖을 바라보고 있던 남자의 눈이 일순 한 건물에 고정되었다.

—저기야.

—어디……?

—저기, 저 맞은편에 있는 S마트. 저기 가서 커다란 여행용 가방을 사자. 물에 가라앉을 정도로 크고 무거운 걸로다가. 거기다 저 여자를 넣고, 한강에 던져버리면 되는 거야.

남자의 말을 듣는 순간 기묘하게도 남자의 아내는 온몸의 떨림이 딱 멈추는 듯했다. 그것은 안도감이라기보다는 어떤 절대적인 존재에 의한 위압감에 가까웠다. 남자는 빠르게 차를 돌렸다. 얼음물이 끼얹어진 것처럼 이질적인 느낌과 함께 흐릿하던 의식이 빳빳하게 일어섰다. 트럭 짐칸에 실린 양철통 속 여자가 또렷이 아내의 눈앞에 떠올랐지만 그 눈은 이미 새까맣게 굳어버린 후였다. S마트 주차장에 차를 세운 남자는 핏자국이 선명한 두꺼운 점퍼를 벗어버리고 손수건으로 얼굴을 닦았다. 땀에 젖은 덕분에 얼굴의 핏물은 어느 정도 흐릿해졌지만 깊숙이 배어 있는 피비린내는 사라지지 않았다.

—당신이 가.

—내가……?

—그럼 이 꼴로 내가 갈까? 이건 그냥 쇼핑이야. 당신은, 가방 하나만 사오면 되는 거야. 나머진 다 내가 알아서 할게.

새해맞이 바겐세일중이라 S마트 안은 아수라장이었다. 무빙벨트는 사람이 하나 더 올라탈 때마다 허청거렸다. 차라리 사람이 많은 게 나아. 남자의 아내는 그렇게 생각하며 사람들 틈바구니를 비집고 들어갔다. 뜨거운 물에 잠겨 있는 것처럼 머릿속이 몽롱했다. 이건, 그냥, 쇼핑이야. 몇 번이고 다짐했지만 잡화 코너로 가면서 남자의 아내는 불안해졌다. 여자가 들어갈 만한 크기의 가방이 없으면, 그땐 어쩌지? 막연했던 불안감이 점차 구체화되어 스멀스멀 기어올랐다. 가방을 구하러 온 동네를 헤집고 다닐 수는 없는 일이었다. 아까는 천막 근처에 사람이 아무도 없었다지만 어느 곳에서 누가 보았을지 모르는 일이었다. 당장 이 매장에서 나가는 길에 체포될지도 몰랐다. 아니, 최악의 경우, 지하주차장에 있는 남자가 이미 체포되고 나머지 경찰들이 자신을 잡으러 올라오고 있을지도 몰랐다.

남자의 아내는 바싹 마른 입 때문에 억지로 침을 모아 삼키며 주위를 불안스럽게 둘러보았다. 아무런 낌새도 없긴 했지만 갑자기 누군가가 튀어나와 자신을 땅바닥에 처박은 뒤 수갑을 채우더라도 하나 이상할 것이 없었다. 아직 몸을 파득거리는 여자를 양철통에 쑤셔박아버린 것을, 자신은 모른 척하지 않았던가. 여자를 죽인 것은 어쩌면 남자가 아니라 자신일지도 몰랐다.

아마존 특별세일, 에 시선이 닿은 것은 그때였다. 정말 자신을 잡으려고 찾아다니기라도 하는 건지 검은 양복에 무전기를 든 보안직원들이 부산스럽게 매장을 내달리는 통에 고개를 숙이고 구석으로만 걷던 남자의 아내는 잡화점 구석, 숨겨놓은 것처럼 비스듬히 놓인 가판대를 발견했다. 아마존 악어 가방 특별세일, 이라는 거창한 이름이 붙어 있긴 했지만 한눈에 보기에도 그것은 싸구려 합성가죽이었다. 남자의 아내는 허겁지겁 그 가판대로 달려갔다. 그러고는 가판대 밑에 내버리듯 세워놓은 커다란 가방 앞에 멈춰 섰다.

가방은 양철통보다는 폭이 훨씬 좁았지만 높이가 허리춤까지 올라오는 특대 사이즈였다. 과하게 번쩍거리는 광택이나 투박한 생김새 따위는 눈에 들어오지도 않았다. 달칵, 하며 잠기는 잠금쇠도 아닌 구식 지퍼였지만 차라리 그것이 더 나았다. 한강에 던지는 순간 가방이 열려버리면 그것처럼 곤란한 일도 없을 테니까. 남자의 아내는 망설일 필요도 없이 가방 손잡이를 잡아끌었다. 바퀴가 불안스럽게 덜덜거리며 아내의 뒤를 따랐다. 지나치게 묵직한 가방이라 조금 당황하면서도 남자의 아내는 서둘러 카드를 긁고 매장을 나섰다. 손이 덜덜 떨려 카드전표에 한 사인은 마치 낙서 같아 보였다.

―두 살 된 남자아이를 찾습니다. 노란색 상의에 진갈색 바지,

초록색 파카를 입은 두 살 된 남자아이를 찾습니다. 아이를 보셨
거나 보호하고 계시는 분은 지금 즉시 보안사무실이나 매장 내 직
원에게 알려주시기 바랍니다. 다시 한번……

혼잡한 매장에서 밀려난 안내방송 한 자락이 옷자락에 매달려
나오다가 엘리베이터 문이 끼어 끊겼다. 남자의 아내는 커다란 가
방의 덜덜거리는 바퀴를 굴려 트럭까지 갔다. 걱정과 달리 남자는
수갑에 채워져 경찰차에 머리부터 밀어넣어지는 중도 아니었고,
경찰이나 구경꾼들에게 둘러싸여 있지도 않았다. 아내가 다가오
자 남자는 운전석에서 내려 가방을 짐칸으로 올렸다. 남자는 더이
상 손을 떨고 있지 않았다. 이제 가랑이로 꽉 누른 두 손은 물론
어깨와 턱까지 덜덜 떨고 있는 남자의 아내가 사방을 두리번거리
기 시작했다.

남자가 두 번에 걸쳐 양철통과 여행가방을 집 안에 들여놓는 동
안 남자의 아내는 트럭 앞에 쪼그리고 앉아 떨고 있을 뿐이었다.
거실 구석에 여행가방을 세워놓고 남자는 양철통을 욕실에 밀어
넣었다. 뒤따라온 남자의 아내가 서둘러 현관문을 잠그고 창문을
닫았다. 전화코드까지 모조리 뽑아버린 후에야 남자의 아내는 숨
을 골랐다. 남자가 눈대중으로 여행가방과 양철통을 비교해보더
니 말했다.

—좀, 잘라야겠어.

남자의 아내가 눈을 부릅떴다. 남자는 침착하고 건조한 목소리

로 다시 한번 되뇌었다.

　―잘라야겠어, 역시.

　남자는 주방에서 랩을 통째로 꺼내들고 욕실로 들어갔다. 남자의 손에는 목장갑이 끼워져 있었다. 욕실로 들어가기 전 속옷 한장 남김없이 옷을 깨끗이 벗어놓는 것도 잊지 않았다. 옷을 벗는 남자의 등이 완강하게 벌어져 있었다. 남자는 욕실 수도꼭지와 칫솔통, 세면대에 꼼꼼히 비닐랩을 씌웠다. 틈이 많고 구조가 복잡한 부분에는 랩을 몇 번씩 감았다. 테이프를 이용해 거울을 싸고 욕실 문과 손잡이를 반쯤 감고 나자 랩은 둥근 심만 남기고 텅 비어버렸다. 남자는 낮게 투덜거리며 심을 내던졌지만 흥분한 것 같지는 않았다.

　남자는 양철통을 통째로 들어 욕조 속에 쏟아부었다. 힘을 주어 몇 번 흔들자 개구리처럼 둥글게 몸을 만 열대어가 뚝 떨어졌다. 그 옆으로 남자의 칼이 요란한 소리를 내며 떨어졌다. 어쩐 일인지 피는 몹시 적은 양이었다. 반쯤 굳은 핏덩어리가 뭉글뭉글 흘러내렸다. 어째서 피가……? 욕실 밖에서 안을 들여다보던 남자의 아내가 겁에 질린 목소리로 중얼거렸지만 남자의 귀엔 들리지 않았다. 남자는 열대어의 붉은 보라색 코트를 벗겨 아내에게 건네고 욕실 문을 잠갔다.

　남자는 아내에게서 여행용 가방을 건네받던 순간부터 이미 각오하고 있었다. 여행가방은 양철통처럼 사이즈가 넉넉하지 않았다. 차라리 양철통 입구에 시멘트를 부어 밀봉시켜버릴까 하는 생각도 없지 않았지만 그러기엔 시간이 모자랐다. 남자의 결심은 집이 가까워질수록 확고해지고 있었다. 오른팔 하나만 자르면 돼. 어깨와 팔이 이어지는 곳에 딱 세 번, 세 번이면 될 거야. 그러나 양철통에서 굴러떨어지는 열대어를 본 순간 남자는 계획을 수정해야만 했다. 굳어버린 열대어의 몸이 너무 둥글었던 것이다.

남자는 열대어의 오른쪽 팔 하나와 양쪽 무릎 아래로 스스로와 타협을 봤다. 무릎뼈는 웅크린 채 가슴과 붙어 있는데다가 둥글고 단단해 쉽지 않을 것 같았다. 남자는 샤워기로 열대어의 몸을 대충 씻기고 옷을 벗겼다. 뼈와 뼈 사이의 물렁뼈를 노리면 가능할 듯도 했다. 남자는 명란젓 같은 칼자루를 꽉 움켜쥐었다.

남자의 아내는 남자가 욕실 문을 잠가버린 이후로 안절부절못한 채 거실을 서성이고 있었다. 여자의 붉은 보라색 코트는 주머니를 뒤져 지갑과 휴대폰을 꺼낸 뒤 검은 비닐봉지에 넣고 두 번세 번 묶었다. 지갑은 피에 젖어 겉도 안도 엉망이었다. 남자의 아내는 잠시 망설이다가 지갑 안에서 여자의 신분증과 운전면허증을 꺼낸 뒤 다시 비닐봉지를 열어 지갑도 넣어버렸다. 싱크대에서 휴대폰과 신분증을 물에 헹구고 남자의 아내는 혹시나 싶어 휴대폰의 배터리를 분리했다. 그러고는 그것들을 안 쓰는 베개 속 솜에 쑤셔넣었다.

남자의 아내는 커다란 김장용 봉투를 몇 장 꺼냈다. 아무리 시체라지만 피가 줄줄 흐르는 채로 가방에 넣을 수는 없을 것이었다. 그러다가 가방 밖으로 피가 새기라도 하면…… 절레절레 고개를 젓던 남자의 아내는 구석에 세워져 있던 여행가방을 끌어왔다. 싸구려 비닐가방이니 방수처리는커녕 안에 천이나 제대로 깔려 있을지 걱정이었다. 맨바닥이라 하더라도 봉투로 잘 감싸면 어떻게든 될 거야. 구식 지퍼는 생각보다 훨씬 매끄럽게 열렸다. 지퍼를 모두 열어 가방을 펼쳐놓은 여자의 머릿속은 누가 뒤통수라도 후려갈긴 것처럼 새하애졌다. 남자의 칼을 맞은 여자도 이런 느낌이었는지 몰랐다. 그랬다면 여자의 사인(死因)은 틀림없이 심장마비였으리라. 남자의 아내는 침착해지려 애썼다. 침착해야만 했다. 그러나 발바닥에 커다란 주사기를 꽂아 온몸의 피를 단번에 뽑아내기라도 하는 것처럼, 아내는 감정의 격한 소용돌이 속으로 빨려들어가고 있었다.

커다란 악어 가죽 여행용 가방에 들어 있는 것은 아이였다. 두 살쯤 된.

아이는 뱃속에 든 태아처럼 몸을 동그랗게 웅크린 채 잠들어 있었다. 앳되고 통통한 뺨이 잠에 젖어 발그레하게 익어 있었다. 어떻게, 어떻게 이런 일이. 남자의 아내가 경악할 새도 없이 욕실에서 따악, 하는 요란한 소리가 들렸다. 남자의 아내는 엉겁결에 아이를 끌어안고 비명을 올렸다. 손안에 잡힌 몰캉하고 따뜻한 체온에 눈에서 주룩주룩 눈물이 흘렀다.

남자의 아내가 깨어난 것은 새벽이었다. 차고 음습한 공기가 거실 깊숙이 내려앉아 있었다. 남자의 아내는 폐부 구석구석 밀려드는 한기에 몸을 떨며 일어났다. 남자는 욕실 문을 열어놓은 채 샤워중이었다. 비릿하고 역겨운 냄새가 확 밀려와 남자의 아내는 입을 틀어막았다. 수도꼭지며 문을 감쌌던 랩이 신문지에 싸여 쓰레기봉투에 담겨 있는 것이 보였다. 커다란 여행가방은 뉘어져 있는 채였다. 그 옆에 무언가로 가득 찬 쓰레기봉투가 하나 더 있었지만 남자의 아내는 그것이 무엇인지 물어보지 않았다. 아내가 기절해 있는 사이 남자는 모든 준비를 끝냈음에 틀림없었다. 이제 남은 것은 한강에 저것들을 던져버리는 일뿐이었다. 무릎 아래가 파들파들 떨리며 오금이 저려왔다. 축축한 아랫도리는 어쩌면 오줌을 지렸기 때문인지도 몰랐다. 아내와 시선이 닿자 남자의 얼굴이 확 구겨졌다.

　―당신 미쳤어?!

　남자의 낮은 노성이 욕실 가득 울려퍼졌다. 남자의 아내는 가슴팍에 닿아 있는 몰랑한 덩어리를 꽉 힘주어 안았다. 남자가 벌거벗은 채 뛰어나와 아내를 흔들어댔다. 남자의 아내는 당장이라도 목이 부러질 것처럼 거세게 흔들리면서도 아이의 몸을 끌어안은 손을 풀지 않았다. 남자는 아내가 기절해 있는 사이 아이를 빼내려 안간힘을 다 썼었다. 엎드리듯이 몸을 웅크려 아이를 끌어안은 아내는 기절한 와중에도 아이를 빼앗기지 않으려 몸을 단단히 죄었다. 그러다가 남자가 몸을 들어올리려 하자 발작하듯 발버둥치며 오줌을 쌌던 것이다. 남자가 아내의 팔 대신 아이 머리를 잡아당기자 아이가 눈을 반짝 떴다.

—적당히 기회를 봐서 버리면 되잖아. 이젠 보이는 사람마다 다 죽일 셈이야? 이 살인마야!

아내의 비명 같은 목소리가 거실에 울려퍼졌다.

—엄마, 나 새 삶을 살게 될 것 같아요.

딸이 전화를 걸어온 것은 오전 일곱시도 되지 않아서였다. 새벽에라도 전화하고 싶었지만 아침이 될 때까지 기다린 기색이 역력한 목소리였다. 맥이 풀린 채로 거실 바닥에 주저앉아 있었던 남자의 아내에게 밝고 선명한 딸의 목소리는 현실이 아닌 것처럼 느껴졌다. 엉덩이와 코끝이 차고 축축했다. 남자의 아내는 코를 훌쩍이며 딸의 목소리를 들었다.

—새로운 삶을 살 수 있게 되었다구요. 엄마, 나 지금 너무 행복한 거 있지. 보고 싶어요, 엄마.

마침 방에서 나오던 남자가 아내의 손에서 수화기를 채갔다. 누구야? 눈을 부라리는 남자의 몸에는 그러나 아직 떼어내지 못한 불안과 공포가 묻어 있었다. 수화기를 통해 딸의 목소리가 조그맣게 울렸다. 남자는 별 대꾸 없이 응, 응 하고 넘기는 모양이었다.

남자는 사실 갑작스러운 딸의 전화에 당황하고 있었다. 혼자 나가 살면서 한 달에 두세 번은 꼭 전화하던 딸이었지만 이렇게 이른 시간에 전화를 해온 적도, 이렇게 밝은 목소리로 말을 붙여온 적도 없었다. 더군다나 가장 최근에 걸려온 전화는 죽고 싶다는 흐느낌으로 도배되어 있었다. 혹시 범행을 눈치챈 경찰이 딸을 앞세워 전화하고 있는 것은 아닐까. 요즘 별일 없죠, 하는 딸의 물음에 남자의 눈매가 날카로워졌다. 그러나 딸은 더이상 묻지 않았다.

남자의 아내는 아이를 바짝 끌어안은 채 구석에 웅크리고 있었다. 남자는 이해할 수 없었다. 누구보다 분명하고 재빠르던 아내가, 왜 갑자기 이러는 건지 이해하고 싶지도 않았다. 마트에서 여행용 가방을 사오는 순간까진 아내가 공범이었으나 지금의 아내는 어디서 따라붙은 건지 짐작도 할 수 없는 아이를 끌어안고, 끔찍한 살인마의 다음 희생자라도 되는 것처럼 굴고 있었다. 남자는 아내의 가슴팍에 덧붙인 젖가슴처럼 동그랗게 부풀어 있는 아이 머리를 노려보았다. 아이 또한 죽어버린 게 아닐까 싶을 만큼 조용했다. 보통의 아이라면 제 엄마가 사라진데다 낯선 곳으로 끌려왔으니 울며 보채는 게 정상 아닌가? 아니, 정상인 아이였다면 애초부터 가방 속에 들어 있지도 않았겠지. 남자의 머릿속이 복잡해졌다. 이럴 땐 차라리 누군가가 뒤통수를 딱 쪼개줬으면 좋겠다고, 남자는 생각했다.

딸과의 통화시간은 생각보다 길지 않았다. 딸은 이해할 수 없는, 그러나 행복하게 들리는 말들만 가득 쏟아놓고는 전화를 끊었다. 내일모레 한림정형외과로 와주세요, 한림종합병원 7층에 있어요. 딸은 노래하는 듯한 목소리로 남자에게 부탁했다. 병원은 왜, 어디가 아프니? 남자의 입에서 처음으로 말다운 말이 튀어나왔지만 딸은 그 말엔 대답도 않고 혼잣말처럼 노래했다. 보호자란에 사인 하나만 해주시면 돼요, 아주 간단한 거예요. 딸의 목소리는 어딘가 몽롱하고 붕 떠 있었다.

　남자는 욕실 청소를 거듭 하고 있었다. 아내가 부엌에서 무언가를 끓여 아이에게 먹이는 소리가 들렸다. 욕조는 세제를 몇 번이나 들이부어 씻었는데도 끈적끈적했다. 평범한 베이지색 욕조가 연분홍색으로 물들어 있는 것 같아 남자는 자꾸 눈을 비볐다. 욕조 배수구에 걸려 있는 고등어 내장을 긁어내고 뜨거운 물을 몇 번이나 끼얹었었지만 욕조의 핏빛도 악취도, 어느 것 하나 지워지지 않았다.

　열대어를 한강에 내던지는 일은 어이없을 만큼 간단했다. 남자는 불과 몇 시간 전 트럭 짐칸에 뉘어놓은 여행용 가방을 조심스럽게 내렸다. 한강 둔덕에 트럭을 세우고 내리자 한강은 전방 20미터도 안 되는 곳에 있었다. 다리 위에서 떨어뜨리거나 해서 소란을 피울 생각은 전혀 없었다. 남자는 열대어가 조용히, 최대한 움직임도 술렁임도 없이 가라앉아주길 바랐다. 남자는 천천히, 발바닥 전체를 이용해 둔덕 밑으로 내려섰다. 유속도 깊이도 없는 곳이지만 열대어가 굳이 떠내려가야 할 필요는 없었다. 조용히 가라앉아

만 주면, 그걸로 끝이었다.

한겨울 새벽의 한강 둔덕은 고요했다. 남자는 덜덜거리는 바퀴를 굴려 여행용 가방을 한강 쪽으로 밀었다. 물에 빠지는 소리가 들리지 않도록 손잡이를 잡고 천천히 집어넣을 생각이었지만 가방의 한쪽 바퀴가 물에 빠지자 다른 쪽 바퀴는 밑에서 누가 잡아당기기라도 하는 것처럼 순식간에 끌려들어가버렸다. 덕분에 가방을 잡고 있다가 딸려들어갈 뻔한 상체를 남자는 팔을 휘둘러 가까스로 빼내야 했다. 물보라도 없었다. 텅, 하고 외마디 소리를 내지른 가방은 늪에 잠겨들어가는 악어처럼 소리없이 가라앉았다.

남자는 서둘러 차에 올랐다. 아직 할 일이 남아 있었다. 조수석에 실린 20리터짜리 쓰레기봉투 두 개가 남자가 거칠게 핸들을 돌릴 때마다 휘청거렸다. 머리를 계산에 넣지 못한 것은 실수였다. 남자는 마른 입술을 축이며 창문을 열었다. 열대어의 몸은 맞춘 것처럼 여행가방에 쏙 들어갔지만 동그란 머리통 때문에 지퍼가 잠기지 않았다. 악어 가죽 여행가방은 약간의 신축성도 가지고 있지 않았다. 남자는 결국 힘들게 싸맨 김장용 비닐봉투를 열어 열대어를 다시 끄집어내야만 했다. 두 눈을 하얗게 홉뜬 열대어 대가리를 쳐내는 것은 고역이었다.

남자는 한강에서 벗어나 자신의 집과 반대방향으로 차를 달렸다. 한 시간이 조금 못 되게 큰길을 따라 달리면 재래시장과 먹거리 골목이 맞붙어 있는 곳이 나왔다. 남자는 새벽마다 그곳 공터에 작은 동산처럼 쌓이던 쓰레기봉투 더미를 기억해냈다. 온갖 쓰레기가 흘러넘치는 곳이라 제일 먼저 일찍 쓰레기차가 지나가는 곳이기도 했다. 동산은 어느 때보다 크게 부풀어 있었다. 남자는 멀찍이 트럭을 세운 뒤 양손에 쓰레기봉투를 들었다. 쓰레기들 사이에 20리터짜리 봉투 두 개를 섞어놓은 다음에야 남자는 자기도 모르게 멈추고 있던 숨을 몰아쉬었다.

쓰레기들이 내뿜는 악취에 뒤섞여 냄새는 뭐가 뭔지 알 수 없었다. 모든 것이 순조롭게 지워지거나 뒤섞여지고 있었다. 남은 일은 악취가 사라지기를 천천히 기다리는 것뿐이었다. 트럭 짐칸과 욕실과 남자의 손에 맺힌 악취는 며칠 못 가 사라질 것이었다. 남자는 자꾸 불안해져오는 가슴 한켠을 주먹으로 쾅쾅 쳤다. 악어 가방에서 나온 아이는, 아내가 좀 진정하는 대로 떼어다 멀리 내다버리면 그만이다. 온 모습 그대로 악어 가방에 담아 내던지고 싶지만 그것은 이미 열대어의 무덤이 되었으니 참아야 했다. 남자는 트럭에 시동을 걸며 다짐하듯 중얼거렸다. 이거면 돼, 이것만 넘기면 돼.

남자는 차를 돌려나오며 백미러로 힐끔, 쓰레기산을 살펴보았다. 봉투 여남은 개를 들어낸 뒤 파묻어놓았음에도 불구하고 자신이 내려놓은 쓰레기봉투 두 개가 쓰레기산에 솟아나온 두 개의 눈처럼 새하얗게 빛나고 있었다.

셋. 늪지대에 선 사람들

　—보호자 동의가 있어야 가능합니다.

　한림종합병원 외과의는 착잡한 표정으로 말했다. 7층 입원실
창문에서 내려다보는 거리는 흉폭하게 군림하는 바람에 완전히
제 몸을 내맡긴 듯이 보였다. 가로수의 마른 상체가 휘청 꺾였다.
검정색 비닐봉지 하나가 바람에 부풀어 꼭 5층까지 솟아올랐다
내려앉기를 반복하고 있었다. 외과의는 간호사가 C컵꽃띠의 다
리를 소독하고 항생제를 놓는 동안 텅 빈 입원실을 둘러보며 망설
이다 덧붙였다.

　—수술은, 빠를수록 좋습니다.

　외과의는 입 안이 말라왔다. 실내가 좀 건조하지 않습니까? 외

과의의 물음에 C컵꽃띠는 고개를 저었고 간호사는 재빨리 습도를 체크했다.

— 난방 때문에 쉽게 건조해지니 가습기를 올리거나 물을 많이 드세요.

외과의는 마른기침을 했다. C컵꽃띠는 소독이 끝난 자신의 다리를 내려다보고 있었다. 무릎뼈를 만지작거리는 C컵꽃띠의 얼굴이 묘하게 생기 있어 보여 외과의는 긴장했다.

— 수술이 끝난 뒤엔 정신과 상담이 잡혀 있습니다. 환자분이 원치 않으시면 취소하셔도 되지만 수술 후의 변화 때문에 다소 혼란스러울 수도 있으니 상담을 받아보시는 게 심적 안정에 도움이 될 겁니다.

C컵꽃띠는 무표정하게 고개만 까닥였다. 외과의나 간호사와는 눈도 마주치지 않은 채 C컵꽃띠는 자신의 다리만 바라보고 있었다. C컵꽃띠의 희고 둥근 이마가 외과의의 정면에 놓여 있었다. 외과의는 잠시 C컵꽃띠의 곧은 콧날과 가지런한 눈썹, 눈썹 아래 길고 납작하게 뻗어내린 속눈썹을 바라보았다. C컵꽃띠가 때때로 불안정한 모습으로 병실 달력에 ×표를 긋거나 거울을 들여다보며 탈진할 정도로 오래 웃어댄다는 것은 간호사들을 통해 이미 알고 있는 사실이었다. 때문에 대학동기인 정신과 상담의에게 C컵꽃띠를 직접 부탁하고 진료시간까지 잡아두었던 것이다. 외과의는 들고 있는 볼펜 끝으로 앞니를 톡톡 쳤다. C컵꽃띠는 꼼짝도 않

고 자신의 다리를 내려보다 씨익 웃었다. 입가에 매달린 미소가 섬뜩할 정도로 밝았다. 선생님, 시간이…… 외과의는 초조하게 자신을 부르는 간호사 때문에 자신이 C컵꽃띠를 빤히 바라보고 있었다는 사실을 깨달았다. 주근깨 하나 없이 깨끗한 C컵꽃띠의 양뺨이 외과의를 향해 들어올려진다 싶더니 팽팽하게 당겨지며 홍조를 띠었다.

— 저는 지금 당장이라도 괜찮아요.

이제는 외과의도 확실히 알 수 있었다. C컵꽃띠는 웃고 있었다, 기대에 부풀어 설핏 떨리는 목소리를 하고.

C컵꽃띠가 한림종합병원에 찾아온 것은 전날 밤이었다. 병원은 입원실과 연결된 엘리베이터와 비상용 출구 하나만을 남겨둔 채 모두 잠겨 있었다. 간혹 보호자 출입증을 단 사람들이 하나 남은 출입구를 통과해 24시간 편의점을 오갔다. 겨울바람에 내몰린 사람들은 해가 지자마자 사라져 병원 로비에서 내다보이는 거리는 텅 비어 있었다. 한림병원 보안직원은 엘리베이터에 타거나 내리는 사람들의 가슴팍만 노려보고 있었다. 가끔 뜨거운 국물이나 컵라면을 사오는 사람들에게 출입문을 열어주거나 출입증을 달지 않은 사람의 출입을 통제시키는, 길고도 지루한 밤근무였다. 보안직원은 눈에 띄지 않을 만큼씩만 몸을 펼쳐 작게 기지개를 켰다. 팔다리를 모두 털고 목을 휘둘렀을 때에야 보안직원은 왼쪽 시야에 무언가 생소한 것이 잡힌다는 걸 깨달았다. 그것은 휠체어

였다. 은색 휠체어에 탄 여자 한 명이 비상용 출입구로 들어오고 있었던 것이다.

　이십대 초반의 여자였다. 오리털 파카에 둘둘 싸여 더욱 조그마해 보이는 얼굴은 추위 때문에 빨갛게 얼어 있었다. 한림병원 환자복을 입은 것도 아니고 보호자 출입증을 단 것도 아닌 여자에게 보안직원이 다가갔다. 휠체어는 보안직원이 잡기도 전에 맥없이 멈췄다. 여자의 몸이 파들파들 떨리고 있었다.

　—여기, 응급실이 어디죠?

　여자가 땀이 가득 맺힌 이마를 하고 물었다. 목소리가 희미해 보안직원이 여자 가까이 귀를 갖다댔다. 응급실. 여자는 아까보다 좀더 크게 웅얼거렸다. 여자의 손이 무릎을 덮고 있던 두꺼운 담요를 걷었다. 보안직원의 입이 떡 벌어졌다. 독이 올라 퉁퉁 부은 여자의 다리는 검푸르게 변해 있었다. 물풍선처럼 부푼 왼쪽 허벅지가 미세하게 씰룩이더니 중앙에 못이 박힌 것처럼 폭 뚫려 있는 검은 구멍에서 고름이 흘러나왔다. 비쩍 마른 애벌레 같은 고름이었다. 보안직원은 여자의 휠체어를 무조건 앞으로 밀었다. 휠체어 옆구리가 벽에 긁히거나 복도에 내놓은 이동침대에 부딪치면 보안직원이 여자보다 더 크게 비명을 질렀다. 간호사실에서 링거 개수를 세고 있던 당직 간호사가 뛰어나왔다. 혼란을 틈타 노숙자가 분명한, 꼬질꼬질한 차림새의 남자 하나가 비상구로 숨어들었지만 눈치챈 사람은 아무도 없었다. 응급실로 당직 의사가 달려오는 소리가 들렸다. 여자는 침착하게 담요를 여미 자신의 다리를 감쌌다. 여자는 다량의 진통제와 항생제를 투여받고 입원실로 옮겨졌다. 그 여자가 바로 C컵꽃띠였다.

─이런 말씀을 드리게 되어 유감입니다만 다리를, 절단해야 될 것 같습니다.

처음에 외과의는 C컵꽃띠와 눈도 마주치지 못한 채 말을 이었다. 이 지경이 되도록 왜 방치했느냐 호통을 치던 응급실 당직 의사와는 사뭇 다른 반응이었다. C컵꽃띠는 아무 말도 하지 않았지만 자신이 그토록 기다리던 때가 되었다는 걸 깨달았다. 절단, 이라는 단어를 속으로 되뇌자 안개처럼 자욱하던 머릿속에 획 바람이 일어 한순간 투명해지는 느낌이 들었다. 외과의는 C컵꽃띠의 앳된 얼굴을 바라보았다. 그리고 예상과 달리 C컵꽃띠가 너무나 조용하다는 것에 당황했다. 어찌되었든 간에 신체 중 일부분을 절단해야 한다는 사실을 직면한 사람들은 공황장애를 일으켰다. 그러나 C컵꽃띠는 울거나 소리지르거나 기절하는 어떠한 반응도 보이지 않았다. 외과의의 눈이 불안스럽게 C컵꽃띠를 훑어보았다.

하나씩 따지자면 이상한 것은 한두 가지가 아니었다. C컵꽃띠의 상처부터가 그랬다. 응급실 당직 의사는 외과의에게 자해가 분명하다고 얘기했었다. 잘 부푼 호빵을 젓가락으로 푹 찌른 것 같은 상처가 오른쪽 종아리에 두 개, 왼쪽 허벅지에 하나 있었다. 세 군데의 상처는 동시에 썩어들어가고 있었다. 누군가에 의한 폭행

90

여부를 물었을 때 C컵꽃띠는 고개를 저었다. 그러나 무엇에 다친 것이냐는 물음에는 녹슨 못에 찔렸노라고 순순히 대답했다. 정신과로 보내버려야 돼, 저 여자. 완전히 미친 여자야. 당직 의사가 몇 번이나 강조했지만 어쨌든 가장 시급한 것은 다리의 상처 치료였다. 달리 생각할 필요도 없이 파상풍이었다. 다리의 상태는 최악이었다.

외과의는 C컵꽃띠의 침대 옆에 얌전히 세워진 휠체어를 바라보았다. 병원에 올 때부터 C컵꽃띠는 휠체어에 탄 채였다고 했다. 휠체어는 제법 사용한 듯 손때가 묻어 있었다. 바퀴의 고무나 시트가 꽤 낡아 있는 반면에 보호자가 잡게 되어 있는 손잡이는 코팅도 벗겨지지 않은 새것 그 자체였다. 적어도 누군가를 태워다니던 용도는 아닌 것이 확실했다. 그렇다면 C컵꽃띠 자신이 쓰던 것일 텐데, 왜 C컵꽃띠는 자신을 걸어다니지도 못할 지경까지 방치해두고 병원 대신 상점에 가 휠체어를 샀을까.

외과의는 마지막까지 설마, 라고 생각했다. 보호자에게 전화를 하랬더니 글쎄 생글생글 웃으면서 수화기에 대고 엄마, 나 행복해서 죽을 것 같아요, 하더라니까요. 완전히 미친 여자예요. 외과의는 질겁하고 뛰어와 말하던 간호사의 얼굴을 떠올렸다. 설마, 일부러 다리를 잘라버릴 작정으로? 외과의의 시선이 C컵꽃띠의 예쁘장한 얼굴과 적당히 마른 몸매에 머물렀다. 도대체 왜? 외과의가 말을 멈추고 머뭇대는 사이 C컵꽃띠가 외과의를 향해 등골이 오싹하도록 선명한 미소를 보내왔다.

　— 절단수술이요? 저는, 지금 당장이라도 괜찮아요.

　거울 앞에 선 C컵꽃띠는 자신의 다리를 바라보았다. 전에 없던 검고 굵은 털이 발목 주변에 돋아 있었다. 그것은 가늘고 힘없이 뽑히던 이전의 털과 달리 음모처럼 검고 억셌다. 두꺼운 발목 때문에 다리는 통나무처럼 보였다. 넓적하고 두꺼운 발등 끝에 순무처럼 박혀 있는 뭉뚝한 발가락. C컵꽃띠는 자신의 오른발로 왼발을 쾅쾅 짓밟았다. 다리를 미워하기 시작한 이후로 C컵꽃띠의 다리는 이상할 정도로 흉측하게 변해가고 있었다. 종아리를 함부로 걷어차며 C컵꽃띠는 울부짖었다.

　— 다리 때문이야, 이게 다 이 형편없는 다리 때문이라구!

　C컵꽃띠가 스무 살이 되자마자 집에서 나와 자취방을 얻은 것은 나름대로 자신이 있어서였다. C컵꽃띠는 스스로의 외모가 아까웠다. 대충 학교를 졸업하고 적당한 직장에서 일하다가 상사나 동기와 눈이 맞아 결혼할 확률이 100퍼센트인 자신에게 작고 새하얀 얼굴과 또렷또렷한 이목구비, 기다란 목과 마론인형처럼 호리호리한 몸매는 부담스러울 정도였다. 전형적인 아줌마 아저씨로 평범하다 못해 촌스러운 부모님과 좁은 집에서 부대끼다 거울과 마주치면 C컵꽃띠는 화들짝 놀라곤 했다. 그러고는 이내 자신이 측은해졌다. 납작하고 천박한 주둥이의 오리들 틈에서 스스로

를 오리라고 비하하며 살던 백조 새끼가 호수에 비친 자신의 얼굴을 봤을 때도 이런 느낌이었을 거라고 C컵꽃띠는 확신했다. C컵꽃띠는 그들이 자신의 친부모일 거라고 생각하지 않았다. 자신은 버려진 백조 새끼임에 틀림없었다. 가난하고 궁상맞은 그들과 살기에 거울에 비친 자신의 얼굴은 너무 하얗고 고귀했다. C컵꽃띠는 길을 가다 모 프로덕션 사람으로부터 받은 명함 한 장을 계기로 모델이 되기로 결심했다. 무턱대고 집을 나온 것에 비해 C컵꽃띠는 큰 고생 없이 꿈을 향해 걸어갔다. 그리고 최근, 뮤직비디오 여주인공을 뽑는 신인 발굴 오디션에 합격해 최종 오디션만을 기다리고 있는 중이었다.

C컵꽃띠는 테이블에 놓인 크래커를 집어들었다. 초조함이 주변에 장대처럼 빽빽이 꽂혀 C컵꽃띠는 꼼짝할 수도 없었다. 손가락을 옴지락거리는 것조차 숨이 딸렸다. 대기실 공기가 살아 움직이는 것처럼 미묘하게 술렁여 C컵꽃띠의 가슴팍을 죄어오고 있었다. C컵꽃띠는 크래커를 똑똑 부러뜨리다가 급기야는 손끝으로 짓이기기 시작했다. 뭐라도 대신 부서져야 했다. C컵꽃띠는 입으로 올라가려는 손가락을 억지로 끌어내려 크래커를 짓이겼다. 먹는 것으로 불안감을 해소하는 것은 자살행위나 같았다. 최근 C컵꽃띠는 몸무게 감량을 위해 하루에 한 끼밖에 먹지 않았다. 그나마도 소금을 살짝 친 사골국물에 밥 반 그릇이 전부였는데, 지금 크래커를 먹어버린다면 두 달간의 다이어트는 그야말로 헛고생이

될 터였다.

C컵꽃띠의 손이 자꾸 입가로 가는 것은 식욕 때문만이 아니라 오랜 버릇이기도 했다. C컵꽃띠는 어릴 적부터 손톱 물어뜯는 버릇이 있었다. 손톱과 손톱 주변의 거스러미를 피가 나도록 물어뜯는 버릇은 모델이 되겠다고 결심하던 순간부터 온갖 방법을 써 고쳐놓았다. 모델이 되려면 머리끝부터 발끝까지 모두 완벽해야 했다. 미모를 갖춘, 완벽한 몸매의 모델 손이 두껍고 마디가 짧은 손가락에 개구리 발처럼 퉁퉁 부어 있기까지 한다면 그것이 무슨 망신인가. 독하게 마음먹었지만 버릇은 버릇인지라 마음의 평정을 잃으면 어느샌가 손가락이 이빨 사이에 물려 있었다. 가장 중요한 오디션을 앞두고 그런 사소한 것에서 실패할 수는 없었다. C컵꽃띠는 집요하게 크래커를 뭉갰다. 최종 오디션이 십 분 남아 있었다.

카메라는 총 세 대였다. 최종 오디션을 보는 사람도 딱 세 명뿐이었다. C컵꽃띠의 눈이 대기실 구석에 숨듯이 서서 자신을 지켜보고 있는, 유난히 맹해 보이는 눈을 가진 후보자 한 명과 마주쳤다. C컵꽃띠는 고개를 바짝 치켜올렸다. 칠천 대 일의 경쟁률을 뚫고 여기까지 왔는데 이까짓 삼 대 일쯤이야. C컵꽃띠는 부스러뜨린 크래커를 모두 모아 쓰레기통에 버리고 손을 씻었다. 세 명의 후보자가 한꺼번에 테스트실로 들어가 한 명이 심사를 받는 동안 다른 두 명이 그것을 지켜보는 식으로 오디션이 진행된다고 했다. 다른 사람에게 위축되지 않고 자신의 역량을 보여주는 것이 중요하다는 것이었다.

C컵꽃띠는 마지막으로 이마와 뺨에 파우더를 눌러준 뒤 양쪽 가슴을 가운데로 모아 옷매무새를 정리했다. 한창 뜨고 있는 신인 가수의 후속곡 뮤직비디오에 출연할 신인배우, 라는 길고 긴 타이틀의 오디션. 처음 C컵꽃띠가 결심했던 것은 모델이었지만 배우라도 상관없었다. 일단 발탁만 되면 배우든 가수든 모델이든 만능 엔터테이너라는 가면을 뒤집어쓰고 무엇이든 할 수 있는 곳이 연예계였다. C컵꽃띠는 다른 두 명의 후보와 함께 테스트실로 들어갔다.

그러나 C컵꽃띠의 테스트는 총 삼 분을 넘기지 못했다.

—야, 거기 2번. 너 그 신발 좀 벗어봐.

뮤직비디오 감독이라는 사람은 눈밑과 턱밑에만 투덕투덕 살이 붙은데다 눈이 작고 광대뼈가 튀어나와 심술궂고 옹졸해 보이는 인상의 남자였다. 감독은 앞에 나란히 선 세 명의 후보자를 유심히 보더니 대뜸 C컵꽃띠를 가리켰다.

—너 말야, 그것 좀 벗어보라고.

C컵꽃띠는 갈색 스커트에 종아리를 반쯤 가리는 앵클부츠를 신고 있었다. C컵꽃띠와 다른 후보자들의 차림새는 전체적으로 비슷했다. 서류상에 기재한 것이 실제 키보다 2센티미터 크긴 했지만 그것은 옆에 선 후보자들도 마찬가지일 터였다. C컵꽃띠는

조금 어리둥절한 상태에서 부츠를 벗었다. 지이익, 부츠의 지퍼 내려가는 소리가 잡음 하나 없는 테스트실에 울려퍼졌다. C컵꽃 띠가 부츠를 벗고 맨발로 서자 감독의 인상이 확 찌그러졌다.

　ㅡ저거, 다리가 왜 저따위야?

　감독은 그 말을 끝으로 C컵꽃띠에게 어떤 것도 요구하지 않았다. C컵꽃띠는 다른 두 명의 후보자가 한 시간 가까이 메이크업과 헤어스타일을 바꿔가며 카메라 테스트를 하는 모습과 어설프게나마 연기하고 노래하는 모습을 모두 지켜봤다. 그러나 정작 자신은 카메라 앞에서 아무것도 하지 못했다. 옆에서 보다 못한 심사위원 중 한 명이 C컵꽃띠에게 연기를 시켰지만 C컵꽃띠는 눈을 가늘게 뜨고 자신의 다리를 노려보는 감독 때문에 기본적인 발성조차 하지 못했다. 오디션은 보나마나 탈락이었다.

　C컵꽃띠는 집으로 돌아와 알몸으로 거울 앞에 섰다. 창백하면서도 청순해 보이는 얼굴이 거울에 비쳤다. 적당한 크기의 귀 뒤에서부터 미끄러져내려오는 목선은 누구의 것보다 길고 우아했다. 목에서 흘러내린 선이 매끄럽게 어깨를 감싸고 다소 마른 듯한 상체로 흘러들었다. 쇄골 밑의 잔잔한 그늘과 둥글고 가는 어깨 밑으로 종처럼 부푼 양쪽 가슴 밑 그늘이 C컵꽃띠의 나체를 더욱 신비스러워 보이게 하고 있었다. 잘록한 허리는 군살 하나 없이 매끈했다. 작고 탄탄한 엉덩이가 양쪽으로 벌어진 미끈한 다리에 앙증맞게 달라붙어 있는 것까지 확인한 C컵꽃띠의 얼굴이 설

핏 붉어졌다. 그런데.

C컵꽃띠는 순간적으로 거울에서 물러섰다. 거울 속의 허벅지와 종아리가 물 속처럼 일렁이면서 꿈틀거린 것이었다. 곧고 미끈하게 뻗어 있던 다리가 돌연 흔들리더니 바깥쪽으로, 녹은 고무처럼 주욱 휘어졌다. C컵꽃띠는 거칠게 눈을 비비며 다시 거울을 들여다보았다. 틀림없었다. C컵꽃띠의 다리는 무릎이 각각 반대방향으로 벌어져 O자형으로 휘어 있었다. 휘어짐의 정도는 미미했지만 C컵꽃띠의 눈에 그것은 들여다볼수록 점점 더 휘어져 이제는 빨래집게처럼 완전한 원을 그리고 있었다. 게다가 붕대라도 감은 것처럼 짧고 두꺼운 발목. 백조의 얼굴에 오리 다리라니! C컵꽃띠는 비명을 질렀다.

C컵꽃띠의 다리는 조금씩, 매일 변해갔다.

C컵꽃띠는 할 수만 있다면 두꺼운 붕대로 두 다리를 칭칭 감아버리고 싶었다. 어떤 옷을 입어도 예쁘지가 않았다. 예전에 즐겨 입던 짧은 치마는 이제 보니 허벅지의 두꺼운 부분과 휘어진 무릎만 강조될 뿐이었다. 알록달록한 스타킹이나 헐렁한 루즈삭스로 종아리를 감춰보아도 마찬가지였다. 완벽하던 실루엣의 조화를 두 다리가 모두 망치고 있었다. C컵꽃띠는 최종 오디션에서 떨어진 것이 모두 다리 때문이라고 생각했다. 감독의 요구대로 신발을 벗었을 때 인어공주의 두 다리처럼 매끈한 다리가 나왔더라면 C컵꽃띠 자신도 다른 후보자들처럼 테스트를 모두 받았을 것이

분명했다. 그랬다면 그 뮤직비디오의 주인공은 당연히 C컵꽃띠
였을 터였다.

최종 오디션에 합격한 사람은 겁먹은 병아리처럼 대기실 구석
에 숨어 있던, 눈이 유난히 맹해 보이던 여자아이였다.

C컵꽃띠는 뮤직비디오를 녹화해 맹한 여자아이가 연기하는 모
습을 수십 번 돌려 보았다. 눈과 눈 사이가 멀고 눈썹이 짧아 어딘
가 모자라 보이던 얼굴을 메이크업으로 덧칠해 청순가련으로 둔갑
시킨 여자아이는 맨발로 해변을 걷고 있었다. C컵꽃띠는 샌들을
손가락에 걸고 모래사장을 걷고 있는 여자아이의 맨다리를 노려보
았다. 희고 가느다란, 그러나 곧은 다리였다. 잘록한 발목 때문에
여자아이의 다리는 더욱 가냘프고 안쓰럽게 보였다. 모래를 밟고
있는 발가락 하나하나까지도 희고 가느다란 여자아이의 다리.

프로덕션은 사소한 일거리를 C컵꽃띠에게 가져다주었다. C컵
꽃띠는 흰 앞치마에 머릿수건을 쓰고 아이들 간식용 소시지 광고
를 찍거나 노란색 병아리 인형옷을 뒤집어쓰고 치킨 광고를 찍었
다. C컵꽃띠가 가장 많이 찍은 것은 아이들 장난감 광고였다. 홈
쇼핑이나 유선방송에 나가는 장난감 CF를 찍으면 장난감 상자마
다 C컵꽃띠의 얼굴이 찍혀 상점으로 나갔다. 주로 얼굴이나 상반
신이 확대되어 있는 사진이었다. 광고 수는 많았지만 정작 돈이
되는 것은 거의 없었다. 그나마도 프로덕션과 나누고 감독에게 술

대접을 하고 나면 남는 것은 한 달 방세가 고작이었다. 소시지 광고는 금세 다른 얼굴로 바뀌었고 홈쇼핑은 한정적이었다. C컵꽃띠의 얼굴이 찍힌 장난감 상자는 국내에서 별다른 호응을 얻지 못하고 화물칸에 실려 중국이나 동남아로 수출되었다.

C컵꽃띠는 간판도 없는 삼류광고사와 계약을 맺을 때마다 바지 속으로 꼭꼭 숨겨진 다리를 모질게 꼬집었다. C컵꽃띠는 삼류로 전락하고 있었다. 이러다가는 어느 날 변두리 나이트클럽 광고지나 전단용 명함의 비키니 걸로 얼굴이 박히게 될지도 몰랐다. C컵꽃띠는 하루에도 수십 개씩 크래커를 부러뜨리거나 짓뭉갰다. 집 안의 공기는 뭉개진 크래커 조각처럼 서걱거렸다. 거친 모래 속에 누운 기분으로 잠이 들면 꿈속에서조차 고무 인형의 그것처럼 휙휙 휘어지는 다리 때문에 등줄기가 굳었다. C컵꽃띠는 기껏해야 게엑게엑 소리를 내며 기어다니는 것밖에 할 줄 모르는, 촌스러운 초록색 악어 장난감 광고를 찍다 울어버렸다. 카메라를 든 감독 하나만 달랑 있는 스튜디오는 너무 덥고 좁았다. C컵꽃띠는 눈물을 닦다가 진저리를 쳤다. 짧고 뭉툭한 다리를 절룩거리며 촌스럽다 못해 혐오스러운 초록색 악어가 C컵꽃띠의 발밑을 기어다니고 있었다.

이것만 없어지면, 나는 완벽해질 거야.

C컵꽃띠가 그런 생각을 하게 된 것은 채팅을 하다가였다. C컵꽃띠는 촬영 때를 제외하면 집 밖에 나가는 일이 거의 없었다. 식

료품이나 다른 필요한 물건은 촬영이 끝나고 돌아오는 길에 사거나 인터넷으로 주문했다. C컵꽃띠는 대부분의 시간을 다리교정 운동이나 다리근육 마사지로 소비했다. 한 달에 두어 번 부모님께 안부전화를 하는 것 외에는 일절 전화도 걸지 않았다. 시간이 거르지 않은 콩비지처럼 꾸물꾸물 흘러가거나 누군가와 대화하고 싶어지면 C컵꽃띠는 채팅방을 열었다. 채팅방 안에는 언제나 C컵꽃띠와 얘기하고 싶어하는 사람들이 넘쳐났고, C컵꽃띠는 검지손가락의 사소한 움직임 하나로 그들과 연결되거나 단절될 수 있었다. 남자와 채팅을 할 때 C컵꽃띠는 다리 얘기를 하지 않았다. 보여주고 싶은 부분만을 보여주고 보고 싶은 부분만을 봤다. 원하지 않는 부분을 요구하거나 상대가 귀찮아지면 언제든 접속을 끊어버리면 그만이었다. 채팅방 안에서의 C컵꽃띠는 거리낌이 없었다. 남자들의 관심사는 언제나 가슴 아니면 다리였다. C컵꽃띠는 의도적으로 가슴을 강조해 채팅을 이어갔다.

—네게 어떤 것이 있는데 그게 거추장스럽고 꼴불견인데다가 혐오스럽기까지 해. 그럼 넌 그걸 어떻게 할래?

—버리면 되지.

C컵꽃띠의 고민에 상대편은 빠르게 답했다.

—그거, 애인 얘기지? 뭘 고민해, 그냥 버려.

간단하고 성의 없는 대답이었다. C컵꽃띠는 굳이 상대에게 '그게 네 다리라면?'이라고 묻지 않았다. C컵꽃띠에게 두 다리는 자신의 인생을 갉아먹는, 끈질기게 달라붙어 자신을 삼류로 전락시키는 거머리일 뿐이었다. C컵꽃띠는 제멋대로 휘어진 두 마리의 거머리를 노려보았다. 버리면 되지. 간단명료한 한마디가 기생충처럼 C컵꽃띠의 뇌 속에 자리를 잡고 엉덩이를 치켜들어 새끼를 치고 있었다.

내게 다리만 없다면 모든 게 좋아질 거야. 이건 사실, 내 다리가 아닐지도 몰라.

C컵꽃띠의 생각은 점차 집요해졌다. 홈쇼핑의 손두부 모델이나 다이아몬드 귀걸이 6종 세트 모델을 할 때도 그 생각뿐이었다. 손두부는 콩 비린내가 나고 삶은 지 오래되어 맛이 끔찍했다. 그래도 C컵꽃띠는 카메라의 빨간 불이 켜지기만 하면 세상에서 제일 맛있는 두부를 먹는 사람처럼 행복하게 웃었다. 가까스로 목구멍을 넘긴 두부가 금방이라도 튀어나올 것처럼 속이 메슥거렸다. 한 시간 예정이었던 방송이 막판에 이십 분 연장되었다. C컵꽃띠는 촬영장 뒤에 쌓아둔 두부판에서 살찐 여자의 허벅지 같은 두부 덩어리가 날려져오는 것을 지켜보고 있었다. 뜨거운 조명 아래 있던 두부는 시큼하고 멀건 물이 흘렀다. C컵꽃띠는 숨을 멈추고 입 안에 두부를 쑤셔넣었다. 판매시간이 종료되자마자 C컵꽃띠는 잽싸게 화장실로 달려나가 두부를 게워냈다. 벌써 묵직하게 속에 눌러앉은 두부는 손가락으로 목구멍을 휘저어도 잘 토해지지 않았다. 손가락과 손톱에 찔려 퉁퉁 부은 목으로 C컵꽃띠는 주문을

외듯 중얼거렸다. 다리만, 다리만 없어지면, 다리만……

　―제 다리를 좀 잘라주세요.

　C컵꽃띠는 병원마다 찾아다니며 의사에게 애원했다.

　―이건 내 다리가 아니에요. 다른 사람 다리가 내게 붙어서 내 모든 걸 엉망으로 만들고 있다구요. 이걸 당장 잘라버려야 해요. 그렇지 않으면 난, 난 미쳐버리고 말 거예요.

　의사들은 때론 당혹스런 표정으로, 때론 웃음 섞인 표정으로 C컵꽃띠를 대했다. 그러고 나선 하나같이 정신과로 소견서를 보내주겠다고 말해왔다. C컵꽃띠는 답답한 마음에 가슴을 쾅쾅 쳤다. 난 제정신이에요, 이 빌어먹을 다리만 빼면 멀쩡하다구요!

　―일종의 신체변형장애입니다. 희귀한 케이스긴 하지만 틀림없는 것 같군요. 자신의 신체에 콤플렉스가 있는 사람들 중 일부 극단적인 사람에게 나타나는 현상입니다. 마음을 편히 먹고 자기 자신에게 만족할 수 있도록 하는 것이 중요해요.

　―그래서, 다리를 자를 수 있나요?

　―불만스러운 곳을 무조건 잘라낸다고 해결되는 게 아닙니다. 얼굴에 콤플렉스가 있다고 머리를 잘라버릴 순 없잖아요? 신체를 잘라냄으로써 지금의 심리적 장애가 고쳐진다면 상황은 훨씬 더 심각해져요. 막말로, 아가씨가 두 다리가 없는 신체를 비관해서 한강에라도 뛰어들지 누가 압니까?

　―나는 한강 따윈 절대로 가지 않아요.

—이봐요, 내가 보기에 아가씨 다리는 충분히 길고 예뻐요. 이것보다 훨씬 두껍고 짧은 다리를 가진 여성들도……

　—그래서 내 다리를 잘라줄 거야, 말 거야!

　힘껏 소리치고 나서 C컵꽃띠는 곧 후회했다. 이래서야 히스테리 환자로밖에 보이지 않을 터였다. 의사들은 친절했지만 C컵꽃띠가 원하는 결론을 내려주지 않았다. C컵꽃띠를 측은한 표정으로 바라보거나 냉혹하게 충고하는 것이 고작이었다. C컵꽃띠가 원하는 것은 동정이나 충고가 아닌, 보다 확실한 결론이었다. C컵꽃띠는 불안하고 걱정스러운, 때로는 수치스럽고 부끄러운 기분으로 그것을 기다렸다. 최후의 선고를. 불투명한 고무막에 갇혀 맹렬히 꼬리를 흔들어대는, 급기야는 뿌옇게 말라죽는 수억만 마리의 정자. C컵꽃띠는 생각했다. 불유쾌한 냄새를 풍기는 고무의 미세한 틈을 찾아 머리를 들이밀 수밖에 없는 절박함에 있어서 콘돔에 갇힌 정자와 C컵꽃띠는 몹시 흡사했다. 그것은 일종의 본능이었다. 눈과 코도, 신경도 다리도 없는 미끄덩한 생명체인 정자가 난자에게 달려가는 무식할 정도로 집요한 본능. 그것을 C컵꽃띠도 가지고 있었다.

　C컵꽃띠는 자신의 다리가 아름답고 완벽한 몸에서 지우개로 지워지듯 완벽하게 사라지기를 원했다.

　C컵꽃띠는 조잡스럽게 머리를 땋고 손에 든 악어 장난감처럼 입을 크게 벌리고 있는 광고사진의 모델료를 받아 집에 돌아오는

길에 삼 개월 할부로 휠체어를 하나 샀다. 직접 앉아 바퀴를 굴려 보고 몸체가 가볍고 작동성이 좋은 것으로 고른 뒤에 당장 그 자리에서 휠체어를 타고 집까지 갔다. 턱이 높은 보도블록을 오를 때나 내리막길을 갈 때에는 주변 사람들에게 도움을 청했다. 대부분의 사람들은 C컵꽃띠가 도움을 청하기도 전에 휠체어 손잡이를 잡고 밀어주었다. C컵꽃띠의 마음속이 어떤 확신으로 굳어갔다. C컵꽃띠는 매일같이 휠체어를 타고 다른 병원, 다른 의사에게 찾아갔다.

휠체어를 타기 시작한 이래로 C컵꽃띠는 종종 자신의 다리를 잊고 살았다. 그러나 거울 앞을 지나가다 휠체어 발판 위에 널브러져 있는 다리와 마주치면 가슴이 꽉 막혀 숨조차 쉴 수가 없었다. 정신과 전문의 한 명이 신체변형장애에 대한 연구실험체로서 돈을 받으며 치료받아보지 않겠느냐는 제의를 해온 것을 제외하면 의사들은 C컵꽃띠를 상대조차 하지 않았다. C컵꽃띠는 매번 진료비도 내지 못한 채 병원에서 쫓겨나야 했다. 젊고 예쁜 여자의, 게다가 멀쩡한 두 다리를 잘라주겠다는 의사는 어디에도 없었다.

C컵꽃띠는 휠체어에 누군가 깔고 앉은 귤껍질처럼 달라붙어 있었다. 맹한 여자아이는 텔레비전 화면 속에서 시도 때도 없이 맨발로 해변을 걸었다. 그사이 그 여자아이는 제법 유명해져 있었다. 오디션에 최종까지 남았던, 또다른 여자아이와 뺨을 맞대고 웃어대는 CF가 나오는가 하면 가늘고 잘록한 발목으로 힘껏 자전

거 페달을 밟아대는 CF가 나오기도 했다. C컵꽃띠는 맹한 여자아이가 텔레비전에 나올 때마다 손에 잡히는 대로 물건을 끌어다 자신의 다리를 그었다. 주변에 마땅한 물건이 없으면 손톱으로 할퀴거나 이빨로 물어뜯기도 했다. C컵꽃띠의 눈에는 맹한 여자아이의 어린애처럼 가냘픈 다리만이 보였다. 최종 오디션이 있던 그날부터 C컵꽃띠에게 모든 미의 기준은 다리였다. C컵꽃띠는 텔레비전을 보거나 병원을 오갈 때에도 사람들의 종아리와 발목밖에 보지 않았다.

C컵꽃띠는 고통스러웠다. 집 안 곳곳에 걸어두고 보석처럼 닦던 전신거울은 아래쪽 절반 이상이 포장용 테이프로 감겨져 있었다. C컵꽃띠는 집 안에서도 휠체어를 탄 채 생활했다. 화장실에 가고 싶을 때는 두 팔과 어깨를 이용해 변기로 옮겨앉았다. C컵꽃띠의 두 다리는 휠체어에 고정되어 있거나 부러진 빗자루처럼 바닥에 질질 끌려다녔다. C컵꽃띠는 다리에 감각이 없어질 때까지 무릎을 꿇고 앉아 있거나 피가 통하지 않도록 팬티스타킹으로 허벅지를 묶고 있기도 했다. 흰 살갗이 붉어졌다가 이내 검푸르게 변하는 모습을 보며 C컵꽃띠는 이대로 다리가 썩어 뚝 떨어졌으면 좋겠다고 생각했다. 그러나 대부분 다리가 썩기는커녕 피도 빠지기 전에 C컵꽃띠가 고통을 참지 못하고 다리를 폄으로써 상황은 종료됐다.

답은 엉뚱한 곳에서 나왔다.

—이런 걸 밟았으면 당장 엄마한테 말했어야지. 파상풍에라도 걸리면 어쩌려 그랬니? 이쪽 다리, 잘라버려야 된다구!

휠체어 깊숙이 기대 텔레비전을 보고 있던 C컵꽃띠의 얼굴이 번쩍 들렸다. 화면 속에서는 놀이터에서 놀다가 녹슨 못에 발을 찔린 아이가 엄마에게 혼나는 장면이 연출되고 있었다. 엄마는 아이를 등에 업고 병원으로 달려갔다. 화면 속 아이는 별탈 없이 다음 장면으로 넘어갔지만 C컵꽃띠의 가슴은 요란하게 날뛰고 있었다. 이쪽 다리, 잘라버려야 된다구! 아이엄마의 날카로운 외침이 C컵꽃띠의 귀에 파고들었다. C컵꽃띠는 휠체어에서 벌떡 일어났다.

잘라주지 않는다면, 자를 수밖에 없게끔 만들어주면 되는 거야.

C컵꽃띠는 한걸음에 공터로 달려갔다. 한밤의 공터는 음습하고 황량했다. 건물을 올리려던 기업이 부도를 내는 바람에 터만 닦아놓고 공사가 중지된 지 일 년도 더 된 곳이었다. 차가운 밤공기가 C컵꽃띠의 땀 솟은 목덜미와 입가에서 희뿌연 김이 되어 훅훅 뿜어졌다. 각목은 얼마든지 있었다. C컵꽃띠는 오래도록 공사장 주변을 돌며 그것을 골랐다. 귀퉁이가 반쯤 썩은 각목 중에서도 박혀 있는 못 끝이 뾰족하게 튀어나온 것이라야 했다. 이왕이면 못 자체도 시뻘겋게 녹이 슨 것이 좋았다. 이쪽 다리, 잘라버려야 된다구. 화면 속의 여자가 따라오기라도 한 것처럼 C컵꽃띠의 귀에 대고 말을 쏟아냈다. 잘라버려야, 잘라버려. 명쾌하고 단

호한 발음에 C컵꽃띠의 입가가 만족스럽게 벌어졌다. 양 귀퉁이가 새카맣게 썩은, 곰팡이 때문에 눅눅해진 각목은 그러나 옹골차고 단단했다. 못 끝이 유난히 길게 튀어나온 각목 두 개를 들고 C컵꽃띠는 집으로 돌아왔다.

오른쪽 종아리에 두 개, 왼쪽 허벅지에 한 개 구멍이 뚫린 상처는 잘도 부풀었다. 독이 오른 다리는 마비와 경련이 반복돼 C컵꽃띠는 휠체어에서 바닥으로 여러 번 굴러떨어져야 했다. 진통제를 한 움큼씩 먹는 C컵꽃띠의 귓가는 항상 불에 닿은 것처럼 붉었다. 다리만큼 고통스러운 것은 C컵꽃띠의 치아였다. 각목으로 다리를 내리칠 때 입에 재갈을 물지 않았던 것을 C컵꽃띠는 뒤늦게 후회했다. 악물었던 치아가 앞니부터 어금니까지 샅샅이 시리고 아파, 식사는커녕 찬물에 진통제 한 알 삼키는 일조차 버거웠다. 아침이면 식은땀으로 침대가 축축하게 젖어 있었지만 C컵꽃띠는 샤워도 세수도 할 수 없었다. 자신이 보기에도 치료가 불가능할거라는 확신이 들었을 때, C컵꽃띠는 비로소 휠체어에 올라타 병원으로 향했다. 왼쪽 허벅지에서는 벌써 썩은내가 진동하고 있었다. 불그죽죽한 살갗에 청보라 반점이 떠도는 자신의 다리를 C컵꽃띠는 마지막으로 한번 더 내려다보았다.

수술은 생각보다 오래 걸렸다. C컵꽃띠는 끈적끈적한 손가락 같은 것이 자신의 눈알을 마구 굴리는 것 같은 통증에 신음하며 마취에서 깨어났다. 잠들어 있는 내내 C컵꽃띠는 커다란 들개가 자신의 양쪽 다리와 젖꼭지를 게걸스럽게 뜯어먹는 꿈에 시달렸다. 들개의 이빨에 짓찢어진 다리가 꼭지 뜯긴 풍선처럼 너덜거리는 것에 몇 번이나 악을 썼지만 아무도 C컵꽃띠를 깨워주지 않았다. C컵꽃띠는 뻑뻑한 눈동자를 굴려 주위를 살폈다. 희미한 의식 속에서 의사에게 뭐라 떠들어대던 아버지를 본 것 같은데, 병실에는 아무도 없었다. C컵꽃띠는 비어 있는 세 개의 침대와 냉장고 옆, 창가를 오랫동안 살폈다. 왜 엄마가 아닌 아버지가 왔을까. C컵꽃띠는 의아해졌다. 적어도 C컵꽃띠는, 마취에서 깨어났을 때 곁에 엄마가 있을 거라고 생각했었다.

엄마는 모지락스럽긴 하지만 천성이 여렸다. 딱딱하고 억센 것은 엄마의 손가락과 발뒤꿈치뿐이었다. 엄마의 젖가슴과 배는 갓 구운 빵처럼 부드럽고 몰캉거렸다. 그래서 C컵꽃띠는 막연히 기다리고 있었던 것이다. 검은 빵처럼 탄 엄마의 얼굴과 마음껏 만지작거릴 수 있는 엄마의 가슴을. C컵꽃띠는 두 손을 허공에 대고 조물거리다 피식 웃었다. 다시 생각해보니 C컵꽃띠에게 가슴팍을 들이대줄 만큼 엄마는 한가하지 않았다. 게다가 지금 C컵꽃띠에게 필요한 것은 위로가 아닌 축복이었다. C컵꽃띠는 자신의 허리 아래부터 덮여 있는 이불 끝자락을 확 잡아젖혔다. 드디어, 그 빌어먹을 오리 다리가 자신에게서 떨어져나간 것이다.

남자는 험악한 표정으로 대기실에 앉아 있었다. 수술이 끝난 뒤

회복실에서 잠깐 정신을 차렸던 C컵꽃띠는 몸부림을 치며 괴성을 질러댔었다. 마취가 깨는 동안 일시적인 발작을 일으키는 것뿐이라며 간호사가 C컵꽃띠의 손목과 머리를 밴드로 묶어 침대에 고정시켰다. C컵꽃띠는 눈을 하얗게 까뒤집고 악을 써댔다. 이놈, 이놈의 개! 거긴 아니야, 다리만 싹 뜯어먹어! 젖꼭지는 내 꺼야, 넌 다리만 뜯어가란 말이야! 이놈의 개새끼! 내 젖, 내, 내 젖!

— 수술은 성공적으로 끝났습니다만, 환자분은 신경정신과 치료가 꼭 필요합니다.

수술을 집도한 의사의 목소리가 남자의 귀로 파고들었다. 회복실로 실려가는 C컵꽃띠의 이불은 아래쪽 절반이 푹 꺼져 있었다.

하필이면 다리가. 남자는 중얼거렸다. 자초지종을 물을 기력은 이미 예전에 사라지고 없었다. 남자는 병원에 들어서자마자 대뜸 '따님의 다리 절단수술에 대한 동의섭니다'라고 종이를 내미는 의사 때문에 정수리에 생선칼이 박힌 사람처럼 허청거렸다. 그러고는 전에 없이 밝은 목소리로, 노래하는 것처럼 떠들어대던 C컵꽃띠와의 전화통화를 기억해냈다.

— 내일모레 한림정형외과로 와주세요, 한림종합병원 7층에 있어요. 보호자란에 사인 하나만 해주시면 돼요, 아주 간단한 거예요.

이럴 때 아내가 있었더라면. 남자는 쓴 입맛을 다셨지만 그 생각은 이내 지워졌다. 남자의 아내야말로 제정신이 아니었다. 그것이 악어 가방에 딸려온 아이 때문인지 열대어를 토막친 욕실 때문인지 남자는 확실히 알 수 없었다. 열대어의 정수리를 쪼갠 것은 정말 실수였어. 남자는 몇 번이나 말했지만 아내는 듣지 않았다. 아니, 듣지 못하는 것 같았다. 아내는 악어 가방에서 나온 아이를 잠시도 품에서 떼어놓지 않았다. 남자가 다가가기라도 하면 무조건 아이를 배에 붙이고 몸을 둥글게 만 채 몇 시간이고 버텼다. 열대어에 관한 뉴스는 나오지 않았고 먹거리 시장에 버린 쓰레기봉투도 쓰레기차가 깨끗이 쓸어갔지만 남자는 불안했다. 울지도 않고 아내의 배에 딱 붙어 있는 아이와 눈이 마주칠 때면 더더욱 그랬다. 가난한 것 외에 한없이 평범하던 남자의 일상은 기다렸다는 듯이 산산조각나고 있었다. 배에 혹을 붙인 채 어기적거리는 아내와 덜컥 다리를 잘라버린 C컵꽃띠, 한강에 가라앉은 열대어의 무덤…… 남자는 머리를 싸쥐었다.

남자가 잠에서 깬 것은 새벽 세시가 막 넘어갈 무렵이었다. C컵꽃띠가 별안간 발버둥을 치며 악을 쓰기 시작했다. 남자는 C컵꽃띠의 어깨를 꽉 누르고 침대 머리맡에 있는 호출벨을 눌렀다. 병실로 뛰어들어온 간호사는 C컵꽃띠의 고함소리에 잠시 몸을 굳혔다.

— 발가락, 발가락에 뭔가가 기어다니고 있단 말야!

C컵꽃띠는 이성을 잃고 소리쳤다. 간호사는 C컵꽃띠에게 진정제를 놓은 후 삼십 분 후에도 잠들지 않는다면 다시 수면제를 놓아주겠다고 말했다. 그리고는 단호한 표정으로 남자를 향해 덧붙였다.

— 가끔 이런 환자들이 있어요. 절단한 신체가 아직 자신의 몸에 붙어 있다고 생각하는 거죠. 놀라실 필요 없어요. 한동안은 비슷한 증세가 계속될 테니까. 다리가 저리다고 하면 그냥 주무르는 시늉만 해줘도 훨씬 괜찮아질 겁니다.

남자는 C컵꽃띠의 침대 옆을 어지럽게 서성댔다. 아내가 아닌 자신이 왔기 때문에, 자신의 이름이 수술동의서에 올랐기 때문에 C컵꽃띠의 다리가 잘려나간 것 같아 남자는 괴로웠다. 하필이면, 하필이면 다리가. 남자는 거듭 되뇌었다. 불현듯 아내의 얼굴이 간절해졌다. 아내는 필요한 때가 되면 자신 안에 내재되어 있는 남성을 거침없이 꺼내들곤 했다. 그것은 더없이 여성스러우면서도 더없이 강인했다. 어쩌면 그것이 아내의 본질일지도 몰랐다. 아내가 여러 개의 이름으로 살아가는 것처럼 아내의 본질 또한 여러 개로 나뉘어져 있는 건지도. 남자는 강인한 아내의 뒤에 서 있는 것만으로도 쉽게 도취되어 강인해지거나 나약해졌다. 아내라면 지금의 상황을 모두 제자리로 돌려놓을 수 있을 것 같았다.

그러나, 아내는 미쳤다.

남자의 걸음이 우뚝 멈췄다. 두 눈이 동그랗고 이마가 말간 악어 새끼가 떠올랐기 때문이었다. 아내는 악어 새끼를 돌보느라 병원에 오지 않았다. 악어 새끼는 아내의 포동포동한 배와 가슴살을 뜯어먹어 한껏 살이 올라 있었다. 아내를 지탱하고 있던 강인함은 악어 새끼가 나타난 후로 알전구처럼 깨어져버렸다. C컵꽃띠의 다리 수술까지 알게 된다면 아내는 두 번 다시 이전의 안정적이고 강인하던 모습을 되찾을 수 없을 것이었다. 남자는 S마트 지하주차장에서 그랬던 것처럼 침착해지려 애썼다. 기절한 아내를 곁에 두고 홀로 열대어를 토막치던 순간부터, 아니, 자신의 오른팔이 열대어의 정수리를 잘 익은 수박처럼 쪼개놓던 바로 그 순간부터 모든 것이 틀어지고 일그러져 있었다. 남자는 C컵꽃띠를 잡고 있던 자신의 팔이 빽빽한 비늘로 덮여 물에 출렁이는 것을 보았다. 잔뜩 휘저어놓은 구정물 같던 머릿속에 침전물이 가라앉아 시야가 서서히 열리기 시작했다.

C컵꽃띠의 다리는 먹다 남은 소시지 끝을 끈으로 대충 훑쳐둔 것 같았다. 드러난 뼈를 살갗을 당겨 덮은 덕분에 끝이 뭉툭해져버린 것이다. 감염 부위가 달라 오른쪽 다리는 무릎까지, 왼쪽 다리는 골반뼈 바로 아래까지 바짝 잘려 있었다.

C컵꽃띠는 상처가 아물어가는 정도에 따라 얇아져가는 붕대를 보며 통곡을 하거나 종일 웃거나 했다. 마음에 들지 않는 부분을 지우개로 깨끗이 지워낸 것처럼, 은 말도 안 되는 생각이었다. 하다못해 다리 길이가 일정하게 잘리기만 했더라도 C컵꽃띠는 덜 절망스러울 것 같았다. 왼쪽 다리 허벅지가 아닌 종아리에 못을 박았다면, 아니, 애초부터 그런 짓을 하지 않았다면…… C컵꽃띠는 이전과 또다른 고통 속에 허덕였다.

정신과 상담의사는 친절했지만 그것은 외려 C컵꽃띠에게 독이었다. 과도한 친절 때문에 C컵꽃띠는 종종 그의 입에 자신의 다리를 밀어넣고 싶은 충동을 느꼈다. C컵꽃띠의 수술을 집도한 외과의가 소개시켜준 정신과 상담의사는 자동응답기처럼 같은 말만 반복했다.

　—처음이라 그래요. 적응하고 나면 괜찮아질 거예요. 현재 자신의 모습에 만족하고 자신감을 가져야 해요.

　C컵꽃띠는 이해할 수 없었다. 다리를 잘라달라고 애원했을 때에도 의사들은 저렇게 말했었다. 자신의 상황은 이제 완전히 뒤바뀌었는데, 자신을 대하는 의사의 말은 조금도 바뀌지 않았다. C컵꽃띠는 소시지 끝에 튀어나왔던 혈관들이 억지로 제자리로 돌아가거나 새 자리를 만들어 몸을 누이고 나자 서둘러 퇴원수속을 밟았다.

　—저렇게 예쁜 여자가 어쩌다가…… 박복하기도 하지.

　휠체어에 올라 병원 복도를 지나오는 동안 크고 작은 소곤거림이 C컵꽃띠의 몸을 관통했다. C컵꽃띠는 어떤 사람도 자신을 보고 있지 않다는 사실을 깨달았다. 사람들이 바라보고 있는 것은 그들이 제멋대로 만들어낸 어느 박복한 여자의 불행기였다. C컵꽃띠는 완벽하게 모든 것을 갖추지 못했을 뿐 아니라 그나마 있는 것도 완전하지 못했다. C컵꽃띠는 휠체어 등받이에 머리를 쿵쿵 박았다. 다리가 잘린 오리 새끼는 백조는커녕 오리로도 남아 있을 수 없었다.

C컵꽃띠가 퇴원을 결심하자 남자는 눈에 띄게 당황하고 있었다. 수술비와 하루가 다르게 단위를 달리하는 입원비용 때문에 C컵꽃띠가 살던 자취방은 빼버린 지 오래였다. 남자는 아내에게 C컵꽃띠의 얘기도 하지 않았을뿐더러, 이젠 살이 올라 엉덩이가 투실투실한 악어 새끼를 C컵꽃띠에게 어떻게 설명해야 할지도 알 수가 없었다. 아내에게 C컵꽃띠의 상태를 설명하는 것도, C컵꽃띠에게 악어 새끼의 존재를 설명하는 것도 남자에겐 버거운 일이었다.

그러나 남자의 우려와 달리 아내의 반응은 침착하다 못해 냉담하기까지 했다.

—업보다.

아내는 C컵꽃띠에게 눈도 돌리지 않은 채 딱 잘라 말했다.

—우리 업보를 네가 받은 거야.

집으로 돌아온 뒤에 C컵꽃띠는 꽤 안정적인 모습을 보였다. 아니, 단순히 자신을 잊고 사는 것도 같았다. C컵꽃띠는 온종일 컴퓨터 앞에 앉아 꼼짝도 하지 않았다. 가끔 부산하게 손가락을 움직여 키보드를 두드릴 때가 아니면 C컵꽃띠는 커다란 고치처럼 보였다. 말도 거의 하지 않았지만 남자는 C컵꽃띠의 말수가 줄어든 것인지 원래부터 말이 없었던 것인지 알 수가 없었다. 남자도 아내도 C컵꽃띠도 심지어 악어 새끼조차도 입을 열지 않았다. 집안은 깊이 파놓은 무덤처럼 고요했다.

어쩌면 모든 것이 자연스럽게, 잘 흘러가고 있는지도 모른다고 남자는 생각했다. 아내 때문에 악어 새끼를 일찌감치 갖다버리지 못한 것이 내심 마음에 걸렸지만 악어 새끼는 집 안에서도 밖에서도 아무런 문제를 일으키지 않았다. 간혹 칭얼대는 소리만 없다면 아이는 성대를 뜯어낸 것처럼 조용했다. 남자는 조심스럽게 생선 트럭을 몰아 다시 동네 골목들을 누비기 시작했다. 골목 전봇대나 담벼락에는 어딘가에서 잃어버린 아이들의 사진이 빼곡했다. 남자는 생선박스를 깔아놓고 미아 찾기 전단을 뒤적이며 시간을 보냈다. 이상하게 아이들의 사진 옆에는 꼭 어떤 동물의 이름이 적혀 있었다. 나비나 용, 날개 달린 원숭이 같은 이상한 이름들이었는데, 남자는 한참 만에야 그것이 아이들의 몸에 새겨진 문신을 지칭하는 것이라는 걸 알았다. 남자는 아내가 잠들었을 때 얼핏 보았던 악어 새끼의 배를 떠올렸다. 아내가 팔다리를 둘둘 감아 자는 통에 옷이 말려올라가 드러난 악어 새끼의 배에는 손톱만한 크기의 악어 문신이 새겨져 있었다.

　—C컵꽃띠가 사라진다면 그 전단에는 두 다리가 없음, 이라고 적어야겠군.

　남자는 나무도마에 명란젓 같은 자루를 가진 칼을 턱턱 꽂으며 중얼거렸다. 내가 사라지면 뭐라고 써야 하나. 남자의 입에서 피식 웃음이 새어나왔다. 사람 찾는 전단지가 몇 장 더 뿌려졌지만 남자는 그 속에서 열대어를 찾아내지 못했다. 어쩐지 열대어를 찾는 전단은 자신의 것처럼 백지일 것 같다고, 남자는 생각했다.

C컵꽃띠는 광적으로 컴퓨터에 매달려 있었다. 남자의 아내는 쌀이나 잡곡, 고기나 야채를 한꺼번에 갈아 죽처럼 끓여 C컵꽃띠의 컴퓨터 옆에 하루에 다섯 번씩 가져다주었다. C컵꽃띠는 쌀죽을 홀짝거리거나 키보드를 두드려대다가도 수시로 발가락을 꿈지럭거렸다.

C컵꽃띠의 발가락은 자주 가렵거나 쥐가 올랐다. 어느 때는 발톱에 바늘을 꽂는 것처럼 날카로운 통증이 느껴지기도 했다. 그러나 C컵꽃띠는 발가락을 긁는다거나 어루만지거나 하는 행동은 하지 않았다. C컵꽃띠는 최대한 정신을 컴퓨터에 집중시켰다. C컵꽃띠는 이전과 똑같이, 채팅을 할 때 다리 얘기를 하지 않았다. 달라진 것은 없었다. 은밀한 귓속말은 언제든지 넘쳐났고, C컵꽃띠는 오른손 검지손가락의 사소한 동작으로 그들과 연결되거나 단절되었다.

자신에게 시큰둥한 남자나 다른 여자와 채팅중인 남자를 꼬셔내는 방법은 간단했다. 나 지금, 어디까지 벗었게? C컵꽃띠의 간단한 귓속말에 남자들은 대번에 바지춤을 까내리며 달려들었다. C컵꽃띠는 자신의 젖꼭지를 거침없이 그들에게 내주었다. C컵꽃띠가 그들의 분명히 일어선 아랫도리밖에 관심이 없는 것처럼 그들 또한 C컵꽃띠의 가운데토막만을 궁금해했다. C컵꽃띠는 채팅방 안에서라면 몇 년이고 살아갈 수 있을 것만 같았다.

꽃띠야지난번에말했던그애말야너네집에서살고있다는그애미아찾기에
한번내봐

C컵꽃띠는 문자를 확인하다 엄마와 함께 낮잠이 든 아이를 바
라보았다. 그러고 보니 아이에 대해 엄마나 아버지가 제대로 이야
기를 해준 기억이 없었다. 수술 직후라 관심이 없기도 했지만 아
이의 존재는 확실히 이질적인 것이었다. 미아라면 왜 부모를 찾아
주지 않고 기르고 있는 걸까. 아이를 대하는 엄마 아버지의 태도
도 분명히 달랐다. 아버지가 돌아오면 엄마가 아이를 끌어안고 으
르렁대는 것부터가 그랬다.

보상금붙은애일지도모르잖아요즘은보상금때문에애를일부러가둬놓기
도하는데

C컵꽃띠는 이마를 찌푸렸다. 최근 채팅에서 만나 문자팅으로
발전한 푸른기와는 다 좋은데 쓸데없는 참견이 너무 많았다. 얼마
전에는 C컵꽃띠가 사는 곳을 집요하게 물었었다. C컵꽃띠는 딱
잘라 키와 사는 곳은 묻지마, 라고 말했었다. 수술한 후 C컵꽃띠
의 키는 1미터도 되지 않을 게 뻔했다. C컵꽃띠는 잠시 이마를 찌
푸렸다가 폈다. 참견이나 잔소리를 걷어내는 것은 그다지 어려운

일이 아니다. C컵꽃띠는 망설임 없이 휴대폰 문자판을 두드렸다.

지금한판할까?

남사의 아내는 덜 녹은 커피 알갱이처럼 집 안을 떠다녔다. C컵
꽃띠가 먹을 죽을 만들 때나 아이를 돌보는 것 외에는 그 무엇도
손에 대지 않았다. 늘 메고 다니던 커다란 가방 안에는 묵은 전단
지들이 그대로 쌓여 있었다. 간혹 전화벨이 울렸지만 아무도 전화
를 받지 않아 전화기 위에는 얇은 먼지막이 덮여 있었다. 남자의
아내는 신경이 뭉텅 잘려나간 사람처럼 맥을 놓고 집 안을 서성이
다가 남자가 돌아올 시간이 되면 야생고양이처럼 예민해졌다. 아
이를 배에 딱 붙이고 낮게 엎드려 바닥을 기어다니거나 몸을 고슴
도치처럼 동그랗게 만 채 움직이지 않았다. 남자는 그런 아내의
행동에 아무 반응도 보이지 않았지만, 남자의 아내는 시위하듯 바
닥을 기어다니다 아무 데고 쓰러져서 잠이 들었다. 그런 행동들은
남자가 우연히 버려진 우유곽 하나를 주워들고 올 때까지 계속되
었다.
　─보상금이 오천만원이래.
　우유곽 옆에 붙은 아이 사진을 코앞으로 들이밀며 하는 남자의
말에 남자의 아내는 몸을 바짝 웅크리다 멈칫했다. 아내의 옷에
아이가 대롱대롱 매달려 흔들렸다. 빨갛고 굵은 글씨로 '오천만

원'이라고 씌어 있는 곳에 시선이 닿자 아내의 양쪽 눈동자가 처음으로 짝을 이뤄 한 곳에 집중됐다. 그러고는 벌떡 일어났다.

— 오천만원?

남자의 아내가 배에 매달린 아이를 떼어내 길고 지저분하게 자란 머리칼을 쓸어넘겼다. 그리고 우유곽의 사진과 아이를 번갈아 보기 시작했다.

차 담보대출 전단지를 한 시간 동안 이백 장 돌리면 받는 돈이 사천원, 나이트클럽 전단지는 16절지 크기 백 장에 삼천오백원, 구역 싸움에 휘말려 구역실장에게 몇 대 얻어맞으면 후시딘 이천원에 파스 천오백원. 아내의 입술이 작게 달싹였다. 그런데 이애는, 오천만원…… 아내의 얼굴에, 정확히 콧등을 중심으로 강인한 남성의 얼굴이 덧입혀지는 것을, 남자는 말없이 지켜보았다. 남자의 아내는 전단을 치러 나갈 때처럼 수건을 머리에 감고 모자를 쓴 뒤 전단가방을 멨다. 이애는 한 개에, 오천만원. 아내가 주문처럼 중얼거리며 아이의 등을 떠밀어 집을 나섰다. 남자는 컴퓨터 앞에 앉아 있는 C컵꽃띠의 등을 잠시 넘겨보고는 아내의 뒤를 따라 황급히 달려갔다.

오천만원짜리래,그애

등뒤의 소란이 얼추 끝난 뒤 C컵꽃띠는 무표정하게 푸른기와에게 문자를 보냈다.

지금돈으로바꾸러갔어엄마랑아버지가.당신말이맞을때도있네

무료한 일상이었다. C컵꽃띠에게 있어 세상은 반만큼만 흘러
갔다. 허리 아래의 시간은 쑤어놓은 묵처럼 천천히 굳어갔다. 물
컹물컹하고 더딘 시간이었다. C컵꽃띠는 빳빳이 고개를 들어 흘
러가는 상체의 시간에만 집중했다. 필요한 것은 팔이 뻗어지는 한
도 내에 모두 있었다.

C컵꽃띠는 묽게 끓여진 쌀죽을 한 모금 마셨다. 컴퓨터 화면 속
에서는 전날 방송됐던 토크쇼 프로그램이 다시보기로 실행되고
있었다. 최근 뜨는 스타들을 데려다 사소하고 저질적인 질문들을
늘어놓는 토크쇼다. C컵꽃띠는 눈을 가늘게 뜨고 출연진을 살폈
다. 쌀죽을 마시며 건성으로 토크쇼를 보던 C컵꽃띠의 입술이 순
간 파르르 떨렸다. 화면에 가득 찬 맹한 여자아이의 얼굴 때문이
었다.

최종 오디션에서 발탁되었던, 어린애처럼 수줍고 가냘픈 발목
과 곧은 다리를 가졌던 여자아이는 무대 정중앙에 앉아 있었다.
그 주변을 뱅 둘러싸다시피 앉은 대여섯 명의 사람들이 깔깔거리
며 여자아이의 말을 듣고 있었다. 맹한 여자아이는 잘 세팅된 밤
색 머리칼을 쓸어올리며 말을 이었다.

—사실 그 오디션 경쟁률이 이만 대 일이 넘었어요. 최종 심사를 받으려는데, 거기에 정말 인형같이 생긴 언니가 와 있는 거예요. 순간 눈앞이 캄캄하더라고요. 얼굴도 몸매도 너무 예뻐서 꼭 바비인형이 살아 걸어다니는 것 같았거든요. 억세게 고생해서 여기까지 왔는데 그게 다 헛거였구나, 싶어서 눈물이 막 쏟아지려는데 감독님이 갑자기 그 언니를 가리키더니 그러시는 거예요. 거기 너, 신발 좀 벗어봐.

C컵꽃띠는 광대뼈가 유난히 튀어나오고 턱이 두껍던, 옹졸한 생김새의 감독을 대번에 떠올렸다. 세 명이 나란히 무대에 섰을 때, 감독이 턱끝으로 자신을 가리키며 명령했었다. 거기 2번, 너 신발 좀 벗어봐.

—그래서 그 언니가, 그 언니가 종아리까지 오는 부츠를 신고 있었거든요, 그걸 딱 벗었는데, 글쎄, 다리가 이렇~게 휜 통닭다리였지 뭐예요.

화면 속 장내가 어수선해지며 객석은 웃음바다가 됐다. 출연자들의 폭소하는 모습이 화면에 빙 돌아가면서 잡히고 마지막으로 확인이라도 해주듯 맹한 여자아이의 맨다리가 클로즈업되었다. 여자아이가 장난스럽게 양 다리를 꼬았다 풀었다. 탄탄하고 매끈한 다리가 움직이는 대로 당겨졌다가 곧게 바닥에 닿는다. C컵꽃띠는 폐 속으로 모래가 마구 빨려들어오는 느낌에 가슴을 쥐어뜯었다. 서걱서걱 모래 쌓이는 소리와 함께 폐가 찢어질 것처럼 당겨오기 시작했다. 웃음의 날카로운 단면들이 화면 밖으로 튀어나와 C컵꽃띠의 주변에 꽂혔다. C컵꽃띠는 가슴을 쥐어뜯으며 벌떡 몸을 일으켰지만 C컵꽃띠의 몸은 이내 바닥으로 나동그라지고 말았다.

　이게…… 뭐야……

　C컵꽃띠의 눈이 비로소 스타킹 같은 덮개를 씌워놓은, 뭉툭한 다리에 가 닿았다. 공포감과 혐오감이 빠르게 치솟았다. 억지로 짓누르고 살았던 기억들이 한꺼번에 솟구쳐 C컵꽃띠의 온몸을 할퀴었다. 채팅방은 결코 현실이 될 수 없었다. 아무리 푸른기와를 쥐락펴락한다고 해도 그것은 그냥 한 줄짜리 문장에 불과했다. C컵꽃띠는, 모델이 될 수 없을 뿐 아니라 푸른기와를 만나기 위해 이 집에서 걸어나가는, 가장 사소한 일조차도 할 수 없었다. 발가락을 하나하나 부러뜨리는 것 같은 통증이 허공에서 피어올랐다. C컵꽃띠는 발가락을 어루만지려 팔을 뻗었다. 그러나 손은 허공에서 우왕좌왕할 뿐 아무것도 잡히지 않았다. 발가락의 통증은 점점 더 강렬해지고 있었다. C컵꽃띠는 비명을 질렀다.

　—엄마, 엄마! 내 발 좀…… 내 발 좀 만져줘요!

　그러나 텅 빈 집에서는 어떤 대답도 들려오지 않았다.

　버둥거리며 기어가는 C컵꽃띠의 모습이 거울에 비친 것은 순간이었다. 방문 옆에 걸린 오래된 거울이었다. 그 거울 앞에서, C컵꽃띠는 항상 고민했었다. 이런 곳에 있기에 난 너무 완벽해. 백조

새끼를 천박한 오리 주둥이로 쓰다듬어 키우다니, 이건 말도 안
돼. 그러나 거울에 비친 C컵꽃띠는, 길고 호리호리하던 실루엣이
절반으로 끊어져 있었다. 칼로 저미는 것 같은 날카로운 통증이
끊긴 다리 끝에서 치솟았다. C컵꽃띠는 경련을 일으키며 바닥을
뒹굴었다.

C컵꽃띠는 휠체어 위로 다시 기어올랐다. 길이가 다른 양쪽 다
리 때문에 상체가 연거푸 굴러떨어졌다. 휠체어를 벽에 붙여놓고
C컵꽃띠는 양팔로 손잡이를 꽉 잡아 몸을 얹었다. 그러고는 그대
로 휠체어를 굴려 밖으로 나갔다.

휠체어 시트의 반도 차지하지 못하는 다리 때문에 C컵꽃띠가
아무리 엉덩이에 힘을 주어도 길이 거칠어질 때마다 몸 전체가 덜
컹거리며 튀어올랐다. 휠체어에 오를 때 다리 덮개가 벗겨져 C컵
꽃띠의 다리는 물어뜯어놓은 소시지 조각처럼 너덜거렸다. C컵
꽃띠는 어렵게 택시를 잡아 한강까지 갔다. 어째서 한강인지는
자신도 알지 못했다. 휠체어를 트렁크에 실은 택시기사가 어디까
지 모실까요, 라고 물었을 때 C컵꽃띠의 입에서 한강이라는 단어
가 빠르게 튀어나왔다. 그것은 숨을 내쉬다 폐 속에 그득 차 있던
모래 알갱이 하나가 툭 튀어나온 것처럼 그저 내뱉어진 단어일 뿐
이었다.

C컵꽃띠는 망연히 한강을 마주 보았다. 아무것도 분명한 것은
없었다. 지금의 C컵꽃띠에게 단 하나 분명한 것은, 한강 둔덕에

도착해 휠체어를 펼쳐 직접 자신을 옮겨앉혀주던, 둔덕에서 한강에 더 가까이 자신을 옮겨주던 택시기사의 눈에 차 있던 동정의 빛이었다. 저렇게 예쁜 여자가 어쩌다가…… 박복하기도 하지. 병원 복도에 울리던 수군거림이 다시금 들려오기 시작했다. 글쎄, 다리가 이렇게 휜 통닭다리였지 뭐예요. 낄낄거리는 여자아이의 목소리와 그에 장단 맞추듯 우르르 터지던 웃음소리들이 C컵꽃띠의 머릿속 가득 쌓였다. 폐에 가득 찼던 모래는 이제 C컵꽃띠가 숨을 내쉴 때마다 핏줄을 거슬러올라와 후드득 튀어나갔다. C컵꽃띠는 한가롭게 산책하는 사람들을 바라보았다.

다리를, 절단해야 할 것 같습니다. 저는 지금 당장이라도 괜찮아요. 외과의의 말에 황홀해하며 머리를 끄덕이던 자신의 모습이 모래알로 가득한 대뇌 속에 박혔다. 이제 겨우, 행복해질 수 있을 것 같아요. 막말로, 아가씨가 두 다리가 없는 신체를 비관해서 한강에라도 뛰어들지 누가 알아요? 나는 한강 따윈 절대로 가지 않아요. 백조 얼굴에 오리 다리라니, 이런 끔찍한 건 필요 없어!

―다리만, 내게 다리만 없다면!

몸 속 그득 쌓인 모래알이 일제히 핏줄을 뚫고 터져나가는 소리를 C컵꽃띠는 들었다. C컵꽃띠는 한강으로 방향을 잡고 힘차게 휠체어를 굴렀다. C컵꽃띠가 사라진 것은 순간이었다. 사람들이 미처 비명을 지르거나 삼키지도 못한 사이, C컵꽃띠의 휠체어는 빠른 속도로 둔덕을 굴러내려가 검은 물 속으로 사라졌다. 휠체어는, 그리고 C컵꽃띠는 누가 쑥 빨아들이기라도 하는 것처럼 순식 간에 물 속으로 가라앉았다.

거대한 늪처럼 C컵꽃띠를 능숙하게 집어삼킨 한강 뱃속 깊은 곳에서 텅, 무언가가 부딪쳐 천둥처럼 요란하게 울리는 것을, 늪 지대에 선 사람들은 꼼짝도 못 한 채 지켜보고 있었다.

넷. 악어 떼가 나왔다

떼죽음당한 물고기처럼 한강에 시체들이 무더기로 떠오른 것은 전대미문의 사건이었다.

월드컵 축구중계 멀티비전이 설치되었을 때만큼이나 많은 사람들이 한강에 몰려들었다. 그러나 그들이 다 육안으로 확인하기에 시체가 떠오른 범위는 너무 좁았다. 시체들이 떠오른 것은 한강 둔덕에 바짝 붙어 있는 약 오십여 평 정도의 수면뿐이었다. 시체 중에는 너무 썩어버려 코뼈와 치아가 누렇게 드러난 것도 있었고 물고기가 뜯어먹기라도 했는지 살점이 너덜너덜해진 것도 있었다. 사람들은 그 모습에 비명을 지르면서도 한강에서 떨어지질 않아, 뒤늦게 도착한 경찰과 구조대원들은 사람들을 헤치고 들어가는 일에 애를 먹었다.

　기자와 카메라들이 벌레처럼 달라붙었다. 한강은 진입금지 선을 치려는 경찰들과 시체를 건져내려는 잠수부, 여기저기서 카메라를 들이대는 사람들로 아수라장이었다. 사람들은 누구랄 것도 없이 가방에서 오백만, 칠백만 화소의 디지털 카메라를 꺼내들었다. 경찰이 촬영금지를 명령하자 사람들은 디지털 카메라 대신 휴대폰 카메라를 들고 누군가와 통화하는 척하며 몰래 사진을 찍거나 동영상을 촬영했다.

　한강 둔덕은 금세 건져올린 시체들로 그득 찼다. 갑작스런 사건이라 시체를 옮길 구급차와 들것은 물론, 시체를 임시로 덮어둘 천조차 제대로 구비되어 있지 않았다. 시체들은 맨몸뚱이로 장시간 둔덕에 드러누워 있어야만 했다. 한강은 물비린내와 썩다 만 시체 냄새, 조금이라도 가까이서 보려고 서로 부대끼는 사람들의 땀냄새로 가득 찼다.

　시체는 성별도 연령대도 부패 정도도 모두 달랐다. 옷을 입은 시체가 대부분이긴 했지만 대개 썩거나 불어터진 살에 옷이 엉겨붙어 있는 정도였다. 반해골이 되도록 살점이 떨어져나간 것이 아니면 시체는 대부분 물에 퉁퉁 불어 있어 꼴이 추했다. 시체를 건져올리는 잠수부의 비명이 연달아 터지는 것도 그런 이유였다. 시체를 끌어올릴라치면 시체의 팔뚝 살점이 우두둑 뜯겨나오거나 얼굴 가죽이 훌렁 벗겨졌다. 잠수부들은 물에서 뛰쳐나와 몇 번이

고 토악질을 하다가 소주에 입과 손을 헹구고 다시 물 속에 들어
갔다. 작업은 더디게 진행되었다. 잠수부들은 그나마 형체가 온전
한 시체들부터 끌어올리기 시작했다. 겨울 코트를 입은 시체와 민
소매 셔츠에 반바지를 입은 시체가 나란히 놓였다. 가장 많은 것
은 남자들의 시체였다. 벌거벗고 죽은 중년 남자의 시체도 몇 구
있었다. 주민등록증의 네 귀퉁이를 뚫어 트렁크팬티에 꿰매입은
남자의 시체를 경찰은 제일 먼저 구급차에 실어 보냈다. 벌거벗은
남자들은 다른 시체들이 모두 실려나갈 때까지 한강 둔덕에 돌멩
이처럼 심겨져 있었다. 뒤늦게 도착한 흰 천이 그들의 몸을 덮었
지만 그것은 떨어져나간 살점처럼 쓸모없이 펄럭이다 물에 젖어
늘어졌다.

　목격자가 된 사람들은 흥분해 있었다.

　—아 글쎄, 웬 여자가 휠체어째 물 속으로 뛰어들더라고요. 시
속 사십은 나올 만큼 빠른 속도였어요. 순식간이었죠. 물보라가
일 틈도 없었다니까요. 그러더니 물 속에서 천둥치는 것처럼 쿵,
소리가 들리잖아요. 지진이라도 나나 싶어서 사람들이 들썩거리
는데, 아 글쎄, 시체가 떠오르는 거예요, 무더기로! 전기로 물 속
을 확 지져서 물고기떼가 둥둥 떠오르는 것처럼 아 글쎄, 그게 다
시체더라니까요, 사람 시체.

　기자들은 목격자의 인터뷰를 확보하느라 동분서주했다. 목격
자들은 자신에게 밀어붙여지는 카메라마다 짐짓 심각하거나 놀

란 표정을 유지하며 같은 말을 반복했다. 휠체어 탄 여자, 가 뛰어들고, 시체가, 무더기로……

날은 차츰 어두워지고 있었지만 한강 둔덕은 카메라 조명과 플래시로 대낮같이 환했다. 방송사마다 한강 속보를 내보내느라 정규방송을 일시적으로 중단시켰다. 한강 주변 도로교통은 한강으로 몰려오는 사람들에 퇴근하려는 사람들까지 겹쳐 온통 마비상태였다. 구급차와 경찰차가 사람과 차에 밀려 꼼짝도 못 하자 경찰은 궁여지책으로 현장에서 삼백 미터쯤 떨어진 곳에 포토존을 만들었다. 살이 문드러지거나 물고기에게 눈알을 뜯어먹히지 않은, 신원미상의 그나마 보기 수월한 시체 십여 구를 사각 포토존 안에 나란히 뉘어놓고 경찰은 그곳에서의 촬영만 허락했다. 마지막까지 집요하게 현장을 파고드는 기자들이 있긴 했지만 대부분은 포토존으로 스스로와 합의를 보는 듯했다.

경찰은 구조대원들이 시체를 흰 천으로 둘둘 말아 구급차에 이삿짐 상자처럼 차곡차곡 쌓는 동안, 잠수부들에게 애초에 뛰어들었다는 휠체어의 여자를 찾도록 명령했다. 건져올린 시체 중에는 죽은 지 얼마 안 되어 보이는 여자가 몇 있긴 했지만 목격자들의 말에 따르면 휠체어의 여자는 두 다리가 없다고 했었다. 휠체어 발판에 놓여 있어야 할 발바닥과 종아리 부분이 아예 없었다는 것이다. 경찰은 사실 이런 당황스러운 사건 현장에서 도대체 무엇을 해야 하는 것인지 갈피를 못 잡고 있었다. 무엇을 수사하고 확인해야 하는 건지 알 수는 없었지만 일단 목격자들이 말한 여자는 찾아놓아야겠다는 막연한 각오만이 있었다. 여자는 휠체어와 함께 가라앉아버렸는지 한강에 떠오른 시체를 다 건어내고 날이 저물도록 나타나지 않았다.

둔덕에 무말랭이처럼 널려 있던 시체들이 얼추 지워지고 마지막으로 포토존을 철거하려는 찰나, 잠수부 하나가 보트에 연결된 로프를 끌어당겼다. 잠수부들은 이제 잠수하는 시간보다 휴식하는 시간이 훨씬 길어져 있었다. 보트 위에서 쉬고 있던 잠수부들이 로프를 끌어당겨 물 속의 것을 끄집어냈다. 그러나 그것은 휠체어가 아니라 커다란 여행용 가방이었다.

—누가 이런 걸 주워오래? 휠체어를 찾으란 말야!

둔덕에서 여행가방을 받아든 경찰이 짜증을 부리다 휘청 넘어갔다. 뭐가 들어 있길래 이렇게 무거워? 경찰이 콧잔등을 잔뜩 찌푸렸다. 한강 둔덕은 바람이 유난히 세서 정복 차림의 경찰 코끝이 새빨갛게 얼어 있었다. 코끝에 아예 맺힌 것처럼 달라붙어 있는 시체 냄새는 아무리 시간이 지나도 익숙해지지 않고 매순간 역겨웠다. 자신에게 현장을 떠넘기고 경찰차 안에서 잠수부들이 가져온 소주나 마시고 있는 상관을 노려보던 경찰은 건네받은 가방을 발로 퍽퍽 찼다. 여행가방은 악어 가죽처럼 우둘투둘한 재질로 만들어져 있었는데, 싸구려 비닐과 합성가죽을 섞은 건지 퉁퉁 붇은 표면이 몇 겹씩 갈라져 있었다. 경찰은 여행가방 정중앙을 가로지르고 있는 지퍼를 잡아당겼다. 녹이 슬었는지 지퍼는 뚝뚝거리다 터지듯 벌어졌다.

— 으아악.

경찰의 입에서 터져나온 비명은 아주 작고 짧았다. 그러나 그것은 라디오 볼륨을 천천히 높이는 것처럼 길이와 크기가 늘어갔다. 으허, 으허, 으허어억! 경찰은 고래고래 악을 지르며 한강 둔덕을 뛰어다녔다.

— 으허, 시, 시, 시, 시뻘건!

경찰의 충혈된 눈이 경직된다 싶더니 이내 동공이 풀렸다. 비명 소리에 달려온 다른 경찰과 구조대원들이 여행가방 주변에 몰려들었다가 주춤주춤 물러섰다. 경찰의 기절한 몸이 거꾸러지며 바닥에 꽂혔지만 그를 부축해주는 사람은 아무도 없었다.

김장용 봉투에 담긴 머리 없는 시체는 봉투 매듭도 풀리지 않은 채 고스란히 옮겨져 검찰 산하 시체부검실 실험대 위로 올라왔다. 매듭을 풀기 전 긴장한 사람들의 숨 들이켜는 소리가 부검실 안을 울렸다. 김장용 봉투는 피로 가득 찬데다 금방이라도 터질 것처럼 부풀어 있어 그 안에 얼핏얼핏 보이는 사람은 마치 비닐봉지 안에 가둬둔 열대어처럼 보였다. 유난히 왜소한 몸집인데다 몸 군데군데가 잘린 시체는 봉투 밖에서 살피는 것만으로는 여자인지 어린아이인지 구분하기가 힘들었다. 게다가 머리까지 잘려 일단은 몸을 반듯하게 펴봐야 성별이라도 알 수 있을 것 같았다. 보조사가 봉투의 매듭을 잡는 순간 사람들은 마스크와 모자로 최대한 얼굴을 가렸다. 매듭이 풀려나감과 동시에 열대어의 몸이 불쑥 솟구쳤다. 시체 밑에 받쳐둔 커다란 용기에 핏물이 고여 흘러넘쳤다. 부검실은 순식간에 역한 피비린내로 가득 찼다.

맥없이 물 속을 오락가락하고 있는 잠수부들과 구조대에게 철수명령을 내린 것은 다름아닌 경찰청장이었다. 그까짓 휠체어 여자를 찾는다고 해서 한강 사건이 풀릴 리 없었다. 이건 그야말로 기현상일 뿐이었다. 당시의 한강 수온과 수심, 유속 등을 따져 과연 휠체어와 부딪치는 미약한 자극만으로도 가라앉아 있던 시체 팔십여 구가 대번에 떠오를 수 있는 건지, 그 외의 다른 요인은 없었는지, 얼마나 더 많은 시체가 한강에 가라앉아 있는 건지 끊임없이 가설을 세워 싸워대는 것은 학회에서나 할 일이었다. 지금은 그것보다 시체들과 함께 발견된 여행가방 속 토막시체에 대한 수사가 급했다. 한강 속보와 맞물려 생방송으로 나간 탓에 토막시체의 파장은 엄청났다. 김장용 봉투에 넣어 버려진 여자는 머리와 양쪽 무릎 아래, 오른쪽 팔 하나가 없었다.

경찰청장은 급히 작성된 탓에 결재란이 두 개 비어 있는 보고서를 보다 따끔거리는 눈가를 꾹 눌렀다. 하루라도 조용할 날이 없는 자리였다. 前경찰청장이 아동학대혐의로 사퇴를 한 뒤 매스컴은 여론과 네티즌을 등에 업고 아동학대를 당장 근절시키라고 아우성이었다. 덕분에 경찰청장은 취임식도 제대로 끝내지 못하고 아동학대범 일천 명 잡기 운동에 매달렸었다. 경찰청장은 고개를 저었다. 옛날처럼 나라의 기현상을 우두머리들의 부덕으로 돌리지 않는 것만도 차라리 다행이었다. 일단 어떻게든 범인만 잡아다 주면, 여론이고 매스컴이고 한동안은 잠잠해질 터였다. 신속한 우리 경찰의 대처능력, 따위의 헤드라인이 붙는 신문기사를 내줄지도 몰랐다. 경찰청장은 수화기를 들어 한강에 파견된 인력을 철수시키고 토막시체 수사 인력을 두 배로 늘리도록 지시했다.

그러나 토막살인사건의 범인은 어이없을 정도로 쉽게 잡혔다. 여행가방에 찍힌 일련번호를 조회해 상품유통경로를 추적하자 상품이 팔린 것이 S마트 낙산지점 이벤트 매장이라는 최종 기록이 떴다. S마트 낙산지점의 매출전표를 역추적하자 어이없게도 그 가방을 신용카드로 산 범인이 잡힌 것이다. 경찰청장은 잽싸게 범인을 검거하고 하루 만에 공식 발표를 끝냈다. 신속 정확한 우리의 민주경찰과 극악무도한 토막살인사건 범인 부부에 관한 기사가 신문과 뉴스, 인터넷에 도배되다시피 했다.

범인은 오십대 중반의 부부였다. 여자는 정신분열증세를 보이고 있었으므로 따로 조사받았지만, 남자는 비교적 냉정하게 사건을 진술했다. 아주 가끔 아내를 찾으며 덜덜 떠는 때가 있긴 했지만, 그 순간만 지나면 대체로 안정된 모습을 유지했다. 남자가 범행에 썼던 칼과 생선 내장통을 태연스레, 여전히 사용하고 있었던 데다가 시체의 머리와 팔다리를 생선칼로 토막내 쓰레기봉투에 넣어 버렸다는 진술이 발표되자 사람들은 경악했다. 시체의 신원도 확보되었다. 범인 부부의 집 장롱, 베갯속 솜 사이에 숨겨져 있던 시체의 신분증과 휴대폰이 발견되었던 것이다. 스물세 살의 룸살롱 직원이었던 시체의 휴대폰에는 이백여 개가 넘는 전화번호가 저장되어 있었지만, 제대로 연결되는 번호는 단 하나도 없었다. 시체는 신원이 밝혀졌음에도 불구하고 여전히 냉동고 속에 들어 있었다. 남자에겐 희대의 살인마란 수식어가 붙었다. 다른 범행은 없었는지에 대한 조사가 빠르게 착수되었다. 남자와 함께 피해자가 일했던 룸살롱에 갔었다는 한 사내의 진술과 사건발생일 남자가 급작스레 장사를 접고 허둥지둥 아파트를 떠났다는 해당 아파트 부녀회장의 진술이 확보되자 재판부는 남자에게 무기징역을 선고했다.

— 아이는 어떻게 할까요?

— 무슨 아이?

토막살인사건에 관한 보고를 마친 본부장에게 경찰청장은 심드렁하게 대꾸했다. 부부를 연행할 때 그들이 데리고 있던 아이가 그들의 친자식이 아닐뿐더러 호적도 없었기에 경찰은 일단 아이를 따로 떼어 보호하고 있었다. 범인 남자에게 무기징역 선고가 내려지고 범인 여자가 정신병원에 감금되자 아이의 처리가 모호해진 것이었다.

— 방송에라도 내보낼까요, 미아 찾기?

본부장의 말에 경찰청장은 재떨이로 책상을 쾅쾅 쳤다. 미아 찾기라면 치가 떨렸다. 前경찰청장이 있던 시절 갑작스레 미아 찾기 수사에 총력을 기울이는 바람에 경찰청장은 하루에도 수백 장씩 미아 사진을 확인하고 길 가는 아이의 배를 까 사진을 찍었었다. 그놈의, 빌어먹을 악어 문신 애새끼! 그 일련의 소란이 오로지 잃어버린 前경찰청장의 아이 하나를 찾기 위한 것이라는 걸 알게 되었던 순간 극도에 달했던 분노가 다시금 터져나오려고 했다. 별다른 성과를 올리지 못할 때마다 자신에게 재떨이를 내던지던 前경찰청장을 기억해내고 경찰청장은 빠드득 이를 갈았다.

ㅡ그냥 갖다버려.

ㅡ네?

ㅡ미아라며? 보호소 같은 데다 집어넣으면 될 거 아냐. 미아 찾기는 유행이 지나도 한참 지났다고. 그걸, 아직도 모르나?

前경찰청장의 아내는 햇빛이 잘 드는 창가를 향해 누워 있었다. 텔레비전에서는 한강 기현상에 대한 토론이 벌어지거나 김장봉투 토막살인사건에 대한 보도가 흘러나왔다. 토막시체의 사인이 의외로 심장마비로 밝혀졌다든가 범인이 쓰레기장에 버렸다는 시체의 머리와 오른쪽 팔, 양쪽 무릎 아래는 끝내 찾지 못했다든가 하는 내용이 주를 이뤘다. 남자가 범행에 사용했다는 칼과 생선내장을 담는 커다란 양철통은 너무 많이 나와 이젠 그 모양까지 외울 지경이었다. 여자는 지끈거리는 머리를 지압하며 텔레비전을 껐다.

커다란 양철통. 여자의 아이는 구석이나 옷장, 가방 같은 곳에 들어가는 것을 좋아했다. 한번은 컴퓨터 책상의 커다란 여닫이 서랍에 들어가 온종일 나오지 않는 바람에 집 안이 발칵 뒤집힌 적도 있었다. 아이는 틈새나 좁은 공간을 어떻게든 찾아내 기어들어갔다. 대부분의 틈새는 아이의 작은 몸에 꼭 들어맞았다. 이번에도 어느 틈새에 숨어 있는 것은 아닐까. 여자는 아이가 사라진 뒤로 컴퓨터 책상 밑 여닫이 서랍이나 옷장 문을 시도 때도 없이 열어보았었다. 그러나 그 속에 들어 있는 것은 매번 다른 두께로 쌓여 있는 절망이나 침묵뿐이었다. 여자는 낮게 한숨을 쉬었다.

다이어트 사료를 먹고 있음에도 배가 유난히 통통해진 아가가 여자의 배에 바짝 등을 들이대며 누웠다. 여자는 아가의 검은 털을 가만히 쓸어내렸다. 여자가 아가를 받아들인 것은 남편이 제시한 조건에 대한 암묵적인 동의였다. 경찰청장의 자리에서 사퇴한 뒤 아동학대혐의로 수없이 경찰청을 들락거린 남편은 훌쩍 늙어 있었다. 세월을 혼자 머리에 이고 걸어온 것처럼 남편의 머리는 한 달 사이 하얗게 세어버렸다. 남편의 바래버린 머리카락만큼이나 여자도 지쳐 있었다. 그래서 이제 그만 포기하자, 는 제의에 동의했지만, 아이의 생일이 돌아온 오늘 같은 날에는 도무지 침착할 수가 없었다.

여자는 젖은 눈가를 손등으로 문질렀다. 아이는 도대체 어디로 사라졌을까. 살아 있기는 한 걸까. 여자는 자신의 텅 빈 배를 쓰다듬었다. 어쩌면 이 안으로, 이 좁은 틈새로 다시 숨어들어가버린 것은 아닐까. 여자는 엎드려 흐느꼈다. 슬픔이 가느다란 팔다리로 휘청대며 걸어와 여자를 꼭 끌어안고 있는 것만 같았다. 아니, 그 것은 슬픔이 아니라 비로소 느껴지는 상실감인지도 몰랐다.

　— 만약 그 아이가 살아 있다면……

　여자가 힘겹게 몸을 일으키자 여자에게 기대 있던 아가가 뒤로 발랑 넘어갔다. 짧게 꼬리를 치며 발톱으로 배를 싹싹 긁는 아가의 행동을 지켜보던 여자가 문득 시계를 올려다보았다. 오후 네 시. 여자는 서둘러 주방으로 들어가 앙증맞은 크기에, 볼이 깊지 않은 주황색 그릇을 꺼냈다. 저칼로리의 고단백 쇠고기 통조림을 따 먹기 좋은 크기로 찢어 그릇에 담은 여자는 그것을 아가의 앞에 내려놓고 쫑긋거리는 아가의 귀 뒤를 긁어주었다. 얼마 전부터 젖니를 갈기 시작한 아가는 호들갑스럽게 고개를 오른쪽으로 기울여 쇠고기를 씹었다. 이때쯤 생기는 충치는 고질병이니 관리에 신경써야 한다는 동물병원 원장의 말을 기억한 여자가 아가에게서 손을 떼고 일어섰다. 충치예방용 개껌이 어디 있더라. 여자는 아가가 눈이 부시지 않도록 얇은 커튼을 내린 뒤 서랍장을 뒤지기 시작했다. 여자의 걸음걸이는 어느새 경쾌해져 있었다.

　그러나 여자가 서랍장에서 개껌과 애견용 칫솔을 꺼내 돌아섰을 때, 아가는 사라지고 없었다.

여자는 대수롭지 않은 표정으로 방 가운데까지 걸어가 발을 가볍게 굴렀다. 아가는 여자의 발소리를 잘 알아들었다. 비스킷을 먹고 있거나 카펫을 물어뜯고 있다가도 여자의 발소리가 들리면 쏜살같이 달려오곤 했었다. 여자는 작고 검은 귀를 뒤로 바짝 젖힌 채 달려나올 아가를 기대하며 사방을 둘러보았다. 정적이 여자의 온몸을 감쌌다. 여자는 좀더 힘껏 발을 굴렀다. 쿵쿵, 쿵. 그릇에 담겨 있던 저칼로리의 고단백 쇠고기 조각이 미약하게 흔들렸다. 여자는 급한 걸음으로 집 안을 뛰어다녔다.

아가는 어디에도 없었다. 여자는 일층 거실과 주방은 물론 아가가 쉽게 올라가지 못하는 이층 침실까지 샅샅이 뒤졌다. 열려 있는 창문 하나 없는 집 안에서 아가는 어디로 사라진 걸까. 여자는 닫혀 있는 싱크대 서랍장과 옷장 칸막이를 열어젖혔다. 아가의 검고 작은 몸뚱이는 흔적도 없이 사라져 있었다. 여자는 비틀거리며 처음, 아가가 사라진 방으로 돌아왔다. 방 한복판에 덩그마니 놓인 아가의 그릇 속에서 반짝, 악어 모양 펜던트가 반짝였다. 이빨이 여섯 개 달린, 두툼한 몸통이며 늘어진 꼬리까지 섬세하게 세공되어 있는 악어 모양 펜던트. 여자는 쇠고기 조각 사이에서 펜던트를 꺼내들었다.

―어째서……?

창백해진 얼굴로 여자가 중얼거렸다. 창에 내려진 얇은 커튼이

햇발에 버둥대며 여자의 얼굴에 희미한 그림자를 드리우고 있었다.

아이는 걷지도, 말을 하지도 못했다.

미아보호소 원장은 아이의 서류에 '삼세 추정'이라 썼던 글자들을 지우고 '이세 추정'이라 새로 썼다. 아이의 행동이나 칭얼거리는 정도로만 따지면 아이는 이제 막 돌잡이 상을 차려야 할 나이처럼 보였다. 대개의 아이들은 돌이 되면 혼자 걷거나 손잡이를 잡고 일어서는데 이상하게 아기 때 미아가 된 아이들은 돌이 되기 훨씬 전부터 혼자 걸었다. 간혹 다 큰 아이가 걷지 못하거나 오줌을 싸는 퇴행현상을 보이는 것은 일시적이었다. 아이들은 금세 다시 걷고 자신들의 식판을 양손으로 쥐었으며 오줌을 싸기는커녕 자기 속옷을 혼자 빨 줄도 알았다. 미아보호소 원장은 새로 들어온 아이도 마찬가지일 거라 생각했다. 체구가 작긴 해도 벌써 머리통이 단단하고 손마디가 제법 잡힌 아이였다.

미아보호소 원장은 아이의 보육원으로의 이동 여부를 일단 보류시킨 뒤 오전부터 쓰던 편지를 마저 쓰기 시작했다. 前경찰청장에게 보내는 편지였다. 前경찰청장의 아이가 실종된 뒤 상당한 금액의 지원금이 기부되던 것이 차츰 줄어들어 기부금 중단 통보를 받은 것은 지난주의 일이었다. 원장은 난감했다. 前경찰청장과 그의 아내가 개를 한 마리 기른다는 소식은 들었지만 그 때문에 설마 기부금이 끊길 것이라고는 생각도 못 했기 때문이었다.

미아보호소의 재정은 심각했다. 작년 즈음 前경찰청장의 아이가 실종된 것을 시작으로 엄청난 규모의 미아 찾기 붐이 일었을 때 원장은 미아보호소 건물을 두 채 늘리고 선풍기와 히터를 죄다 전자동 온냉방 시스템으로 바꾸었었다. 그것은 한 기자가 신문 비평칼럼에 썼던 '미아보호소의 그 열악한 실태'라는 기사 때문이기도 했다. 일 년 예산을 미리 퍼부어 아줌마 서넛이 식사 준비를 하던 주방도 최첨단 급식 시스템으로 바꾸었지만, 미아 찾기 붐은 일 년도 채 지나지 않아 흔적도 없이 사라져버렸다. 원장은 한숨을 내쉬다 前경찰청장에게 보내는 편지의 마지막 글귀에 심혈을 기울였다.

　귀댁의 아이를 포기하는 것은 아직 이릅니다. 우리 보호소에서는 실종된 지 삼 년 만에 부모를 찾은 아이의 감동적인 재회식이 바로 지난주에 있었습니다. 우리는 현재까지도 귀댁의 아이를 백방으로 찾고 있습니다. 또한 아이에 대한 제보도 여럿 확보한 상태입니다. 다만 현재 보호소의 재정상태가 어려워 더이상의 행적을 조사하지 못하고 있음이 심히 유감스러울 뿐입니다. 귀댁 자녀의…… 문신이 흔치 않은 것임을 고려할 때 저희가 현재 가지고 있는 정보는……

　그, 뭐더라…… 원장은 잠시 눈을 깜박였다. 아이 문신이 악어였나, 용이었나. 미아보호소의 아이들은 이름처럼 문신을 하나씩 가지고 있었지만 그것은 대개 중복되는 것이나 비슷한 모양이 많아 이젠 어떤 특징도 되지 못했다. 그, ……뭐더라. 원장의 손이 책상 위를 뱅뱅 돌았다. 원장은 잠시 고민하다 아이의 문신에 대해 이야기해야 하는 부분은 아예 빼버리기로 마음먹었다.

토막살인사건 범인 부부에게서 발견된 아이가 미아보호소에서 보육원으로 옮겨간 것은 한강사건이 발생한 지 두 달 만의 일이었다. 그사이 아이는 토막살인사건 범인 부부의 친자확인검사를 세 차례 받았다. 아이는 세 차례 다 그들의 아이가 아니라는 결과를 받았지만 보육원으로 넘어간 아이의 서류에는 여전히 '한강 토막살인사건 범인 부부의 아이로 추정됨'이라는 빨간색 포스트잇이 붙어 있었다.

아이를 받아주겠다는 보육원이 없어 미아보호소는 정부 원조를 가장 많이 받고 있는 곳에 억지로 아이를 밀어넣었다. 지난해 우수보육원으로 선정되었던 한결보육원 원장은 심란한 표정으로 아이를 살폈다. 별다른 특징이 없어 보이는, 지극히 평범한 아이였지만 아이의 서류에 남아 있는 빨간색 포스트잇이 내심 마음에 걸렸다. 한결보육원 원장은 아이가 한강 토막살인사건 범인 부부의 친자가 아니라는 확인서를 팩스로 받아보고 나서야 이삼 세 아이들을 돌보고 있는 바다반 선생님을 불러 아이를 맡겼다. 아이는 칭얼대는 것도 없어 자리에 앉아 있었다.

바다반 선생님은 아이를 원장실에서 데리고 나가려다 잠시 당황했다. 앉혀놓은 대로 소파에 딱 붙어 앉아 있던 아이가 손을 잡아끌자 일어나 걸어오는 대신 바닥에 철퍼덕 엎드렸기 때문이었다.

— 이애, 몇살인데 아직 못 걷죠?

바다반 선생님이 물었으나 원장은 아이의 서류를 이미 철제책상 첫째 서랍에 집어넣고 열쇠를 잠가버린 터라 딱히 대답할 방법이 없었다. 바다반 선생님은 바닥을 엉금엉금 기어가는 아이를 번쩍 들어올리며 다시 물었다.

— 이애, 설마 벙어리는 아니죠? 정신지체아라든가.

욕실에 집어넣은 아이는 보통 아이로 치면 세 살 정도는 되어 보였다. 내내 기어다닌 탓인지 무릎이 납작하고 단단했다. 바다반 선생님은 아이의 우렁이처럼 말려 있는 손가락과 발가락을 펴보려 했지만 그것은 쉽지 않았다. 꼬부라진 손가락을 억지로 펼치려 하자 아이가 낮게 크르렁거리며 손을 비틀어 빼냈다. 이거야, 원. 바다반 선생님은 크릉거리며 욕조에 납작하게 엎드려 있는 아이를 기가 막힌 얼굴로 바라보았다. 찰랑하게 물이 찬 욕조에 낮게 몸을 숨긴 아이는 영락없는 악어 새끼의 모습이었다.

아이의 배에는 검은 얼룩 같은 것이 엷게 퍼져 있었다. 바다반 선생님은 처음에 그것이 묵은 때인 줄 알았다. 하지만 아무리 비누로 닦고 때타월로 문질러도 얼룩은 사라지지 않았다. 너무 기어다녀서 굳은살이 박인 건가? 그러나 아이의 배는 말랑말랑하고 보드라웠다. 사실 귀 뒤나 손톱이 깨끗한 걸로 봐서 아이의 배에만 유독 묵은 때나 굳은살이 있으리라고는 생각되지 않았다. 그럼

점인가. 바다반 선생님은 의아한 목소리로 중얼거렸다.

사실 그것은, 점이었다. 아이의 배꼽에 반듯하게 자리잡았던 악어 모양의 점은 시간이 흐를수록 점점 커지고 있었다. 손톱만하던 악어가 손가락만해지고, 굵은 중지손가락만했던 것이 주먹만큼 커지는 데는 그리 오래 걸리지 않았다. 아이가 엉금엉금 기어다닐 때마다 바닥에 문질러져 번지기라도 하는 듯, 아이의 악어 모양 점은 점점 몸집을 키워가고 있었다. 하지만 악어의 몸집이 커질수록 그 색은 흐릿해져갔다. 새까맣고 빈틈이 없던 처음의 악어 모양 점은 이제 온데간데없었다. 뚝 떨어진 물감 덩어리가 물에 마구 번져 크고 흐릿해지는 것처럼 아이의 악어도 크고 흐릿해져 이제는 형체조차 알아볼 수 없었다.

아이는 세게 때를 밀어 불긋해진 자신의 배에 손을 갖다댔다. 어쩐지 목욕하기 전보다 더 희미해져버린 것 같은 얼룩은 아이의 흰 배에 엷은 막이 덮인 것처럼 새겨져 있었다. 악어. 아이는 중얼거렸다. 자신의 손바닥보다도 훨씬 커진 악어를 만지기 위해 아이의 우렁이처럼 곱은 손이 이리저리 돌아다녔다. 악어. 아까보다 조금 더 또렷해진 목소리로 아이가 말했다. 아이의 정강이를 닦고 있던 바다반 선생님의 얼굴이 조금 들렸다. 악어? 바다반 선생님이 되묻자 아이는 기분 좋은 표정으로 욕조의 물을 탁탁 튀겼다. 엄마나 맘마가 아니라, 악어? 아이가 엉금엉금 기어나올 때보다 더 당혹스런 표정으로 바다반 선생님은 고개를 갸웃거렸다. 순간 바다반 선생님은 아이의 얼굴이, 어디에선가 본 것처럼 익숙하다고 생각했다. 바다반 선생님은 물에 젖은 아이의 머리카락을 뒤로 쓸어넘겼다. 흐릿한 눈썹 밑에 있는 유난히 반짝거리는 눈이 아이의 특징 없는 얼굴을 유순하고도 천진한 모습으로 만들어주고 있었다. 어디서 보았을까. 잠시 생각하던 바다반 선생님은 이내 손을 내려 아이의 몸을 마저 닦기 시작했다. 사라진 아이들은 모두 비슷한 얼굴로 비슷한 장소에서 맴돌고 있기 마련이었다.

목욕을 끝낸 아이는 당연한 순서라는 듯이 이불 위에 엎드려 잠이 들었다. 보육원에 들어오자마자 엄마를 찾고 울어대거나 오줌을 줄줄 싸는 아이들보다 어쩌면 이 아이가 더 수월할지도 모르겠다고 바다반 선생님은 생각했다. 지나치게 덤덤하긴 했지만 그게 문제가 되지는 않으니까. 새 기록일지를 하나 꺼내 아이에 대해 써내려가던 바다반 선생님은 아이가 말을 못 하거나 걷지 못한다는 사실 외에 또 무언가 석연찮은 것이 있음을 깨달았다. 기록지에 아이의 특징을 적어야 할 차례였다.

다른 아이들의 기록지를 적을 때 특징란에는 제일 먼저 동물 이름이 들어갔다. 아이들의 몸에 새겨진 문신은 다양했다. 아이의 이름이 새겨져 있는 것이 그나마 가장 양호했고, 본인 이름은 물론 팔뚝 전체에 부모형제 이름과 조부모 이름까지 새겨진 경우도 흔했다. 여자아이들은 대개 토끼나 양 같은 온순한 초식동물 문신이 많았다. 만화 캐릭터도 자신이 직접 고른 것인지는 알 수 없었지만 공주나 요정처럼 예쁘장한 캐릭터가 대부분이었다. 그에 비해 남자아이들은 좀더 활동적이고 공격적인 것들이 새겨져 있었다. 나비나 새, 꽃 같은 것은 아예 있지도 않았다. 동물도 사자나 표범 같은 강인한 육식동물이 많았고, 만화 캐릭터도 로봇이나 자동차류가 새겨졌다. 박쥐날개가 달린 전투형 로봇이나 여덟 량짜리 객실이 달린 기차처럼 독특한 모양의 문신을 새긴 것도 남자아이들이었다.

그런데 아이는 아무리 살펴보아도 문신이 없었다.

바다반 선생님은 혹시 자신이 보지 못한 건가 싶어 잠든 아이의 몸을 다시 살폈다. 언젠가 새로 들어온 아이의 몸에 문신이 없다고 기록했다가 뒤늦게 문신을 찾아내는 바람에 원장에게 쓴소리를 들은 기억이 있기 때문이었다. 그때는 네 살 먹은 여자아이였는데, 아이의 문신은 엉뚱한 곳에 있었다. 쪼그리고 앉으면 양쪽으로 엉덩이가 벌어지는 그 사이에 가늘고 긴 장미 덩굴을 새겨넣은 것이었다. 일어나 있으면 엉덩이가 나란히 맞붙어 보이지 않던 문신이 여자아이가 엉덩이를 바짝 들고 엎드리자 한눈에 볼 수 있도록 나타났었다. 바다반 선생님은 그때를 떠올리며 아이의 엉덩이 사이, 양 겨드랑이나 복숭아뼈 밑까지 모두 살폈다. 아이에게서는 두세 개의 점만 더 발견되었을 뿐 이렇다 할 문신은 없었다.

바다반 선생님은 다시 책상에 앉았다. 이름도 문신도 없는 아이의 기록지는 입소날짜 외에는 아무것도 적혀 있지 않았다. 보통은

자신의 이름을 아이가 알고 있거나, 너무 어린 아이의 경우 거쳐
온 임시보호소에서 이름을 붙여주기도 하는데 이 아이는 그런 것
도 없는 모양이었다. 그렇다고 해서 아까 종알거린 악어, 가 이름
은 아닐 테고.

일전에 왔던 아이는 이름을 묻자 이오륙이라고 대답하기에 성
이 李에 오륙이라는 특이한 이름을 가진 줄 알았었다. 그것이 이
름이 아니라 보호소에서 붙여준 아이의 관리번호라는 것은 나중
에 알게 되었지만, 일단 기록지에 적은 이상 아이는 이오륙이라는
특이한 이름을 계속 써야만 했다.

바다반 선생님은 아까 재놓은 아이의 키와 몸무게를 기록지에
옮겨적었다. 아이의 특징란에 문신이 없음, 이라 적은 바다반 선
생님은 그 밑에 부모의 무관심, 이라고 덧붙였다. 그리고 그 줄에
이어 말을 하지 못하고 걸음도 떼지 못함, 까지 적었다. 아이가 충
격 때문에 일시적으로 퇴행한 것이라면 이렇듯 침착한 반응을 보
일 리 없었다. 그러므로 말을 못 하는 것이나 걸음을 걷지 못하는
것은 그것에 대해 아무도 관심을 가져주지 않았기 때문일 터였다.
아이는 혼자 설 필요가 없었거나, 혼자 서는 것을 인정받지 못했
을 것이다.

거기까지 쓰고 뒤를 돌아본 바다반 선생님은 이불 위에 있던 아
이가 사라진 것에 잠시 당황했다. 그러나 바다반 선생님은 자리에
서 일어서는 것과 동시에 구석에 놓인 장난감 서랍장 옆에 비죽

튀어나온 아이의 발을 발견하고 빙긋 웃었다. 아이들에게 흔히 나타나는 버릇 중 하나였다. 서랍장 옆 튀어나온 고리에 긁혔는지 발갛게 부풀어 있는 아이의 팔을 바다반 선생님은 오래도록 쓰다듬어준 뒤에 다시 제자리에 뉘었다.

기어다니거나 구석에 숨는 버릇이 있음.

기록지에 빠르게 덧붙인 바다반 선생님은 바스락거리는 소리에 다시 고개를 돌렸다. 구석에서 끌어내 다시 이불에 누이는 통에 잠에서 깬 아이가 살금살금 자신을 향해 기어오고 있었다. 바다반 선생님은 아이 허리를 답삭 들어올려 끌어안았다. 아이가 짧은 다리와 팔을 필사적으로 벌려 자신의 목을 끌어안은 뒤에야 꾸벅꾸벅 졸기 시작하는 걸, 바다반 선생님은 손을 들어 가만히 쓰다듬었다.

내일은 아이에게 적당한 이름도 지어주어야 할 텐데.

바다반 선생님은 아이를 안은 채 잠든 아이들 머리맡을 서성거렸다. 나란히 이마를 맞대고 누운, 사라진 아이들의 머리맡으로 어둠이 뚝뚝 떨어지고 있었다.

발뒤꿈치에서 밀려나온 검은 때, 를 보고 있었다.

내게 있어 소설이란 것은 검은 때와 같았다.
한 꺼풀 벗겨놓으면 냄새나는 한 움큼에 불과한데도
내 온몸에 끈질기게 달라붙는 검은 때 말이다.

수상소식을 전해듣고 나는 가장 촌스러운 감정에 빠졌다.
거짓말 같아. 나는 자꾸 중얼거렸다.
다음날이 되어서야 전화벨 소리가 너무 요란해서 외려 적적한,
아침식탁에 혼자 앉아 밥을 먹다가 목욕탕으로 들어갔다.
때를 벗겨야겠어. 나는 깔깔한 때수건으로 맨몸을 밀었다.
역시 촌스럽게, 땀이 눈물처럼 흘렀다.
검은 때와 함께 내 몸을 얄팍하게, 그러나 빈틈없이 싸고 있던

기쁨이란 놈이 발칙한 얼굴로 튀어나왔다. 자꾸자꾸.

어리고 거친 글을 보듬어주신 심사위원분들께 감사드린다.
학우들, 교수님, 내 묵은 때를 가차없이 밀어내주신
박범신 선생님께 감사드리며,
가족이라는 이름으로 내게 많은 것을 희생해야 했던
언니들과 형부들, 부모님께 깊은 사랑과 감사를 전하고 싶다.

소설에서 현실이 사라지고 있다

첨단기술이 총동원되는 영상매체에서는 거의 모든 표현이 가능해졌다. 물체가 날고, 해골이 순식간에 산 사람으로 일어나고, 있던 것이 연기처럼 사라지고, 없던 것이 갑자기 나타난다. 시간은 해체되고 금기도 없어졌다. 모든 것이 가능한 것처럼 표현되나 그것은 가공(架空)의 현실이다. 가공은 재미의 중요한 요소가 되고, 그 재미는 오락을 제공한다.

반면에 소설은 오랜 세월 동안 '있을 법한 현실'의 테두리 안에 머물러 있었다. 알레고리나 환상적 리얼리즘 기법이 도입되어 작가의 분방한 상상력과 인식이 미치지 못하는 삶의 신비적 요소를 수용했으나, '있을 법한 현실'이라는 소설의 기본 틀은 벗어나지 않았다. 때문에 독자는 소설 속의 등장인물, 그 인물이 처한 상황에 자기를 대입시키고, 그것을 통해 다른 삶을 살아보고, 다른 인물이 되어볼 수 있었다.

하지만 이제 소설은 만화, 채팅, 비디오, 인터넷, 게임을 즐기며 성장한 신세대들에 의해 '있을 법한 현실' 속에 더이상 머물러 있으려 하지 않는다. 무한 상상력, 자극적 재미에 길들여진 신세대는 소설의 무대를 현실에서 가공으로 넓혀놓는다. 형식, 주제, 구성에서 크나큰 변화가 일어나고 있다. 게임식 조립, 만화적 발상, 개그적 수다, 과장 왜곡된 허풍 등, 표현을 위한 표현이 난무한다. 표현되어지는 것은 작가의 '인간과 삶과 우주와 신에 대한 이해나 통찰'이 아니라, 상상력 그 자체이다. 등장인물은 있으나 그 인물에게는 사유도 없고, 심리도 없다. 상황은 너무 허무맹랑하여, 독자는 자기를 대입시킬 수가 없다.

문자매체가 영상매체를 따라 책을 극장으로 만들어가는 형국이다. 그런데 중요한 것은 극장이 우리 삶의 무대는 아니라는 것이다. 모든 것이 가능한 것은 두 시간 또는 두 시간 반뿐이고, 극장을 나오면 엄연한 현실이 우리 앞에 놓여 있다. 극장 안에서는 사람을 죽여 토막을 내도 '나'에게 아픔이 없지만, 극장 밖에서는 누가 실수로 발등만 밟아도 아프고 화가 난다. 삶을 부둥켜안고 씨름해야 하는 것은 '나 자신'이고, 수많은 관계의 집체(集體)인 현실은 사유와 통찰과 인내와 사랑이 없으면 풀어가기 어렵다. 소설이 인류의 오래고도 영원한 질문, 우리는 왜 태어났으며, 살아가는 의미는 무엇인가, 하는 이 질문을 끈질기게 붙잡고 고민하지 않으면, 도처에서 범람하는 속임수가 우리를 집어삼킬 것이다.

그런 점에서 문학동네작가상 심사는 나에게 다시 한번 소설의 미래에 대해 깊이 생각하는 기회가 되었다.

『악어떼가 나왔다』의 무대는 가공이다. 그리고 스토리 전개나 장의 나누임, 인물들의 행동이 만화적이다. 하지만 그 가공의 현실과 있을 법하지 않은 인물들에게 옷을 입히는 작자의 상상의 활력은 눈부실 만큼 매혹적이다. 그렇게 창조된 인물들 — 악어와 관계된 모든 것에 편집증적으로 몰입하는 아이, 아이를 잃고 이내 강아지에게로 사랑을 옮겨가는 아이의 엄마, 미인의 요건을 모두 갖추었으나 휜 다리를 비관한 나머지 다리를 절단하고, 마침내 휠체어에 앉은 채로 강물에 투신하는 얼짱 소녀 외에도, 다수의 등장인물들이 구석구석에서 스토리 전개의 한 끈을 잡고 있으면서도, 인간 본성의 모순, 우리 사회의 병리적 현상을 풍자하고 조롱하는 작자의 의도를 날카롭게 대변하고 있다.

하지만 이 글의 앞에서도 언급했듯이 이와 같은 신세대적 감수성이 빚어내는 소설적 재미는, 소설의 역할의 변화를 예고하고 있어, 그것에 동의하는가, 안 하는가는 심사 밖의 장에서 얘기할 일이다.

— 서영은(소설가)

가능성과 완성도 사이에서의 불안

　우리가 신인에게 기대하는 것은 무엇일까. 아니, 나는 신인에게 무엇을 기대하는 것일까. 나 자신의 등단 시절을 돌이켜보면, 당시 심사위원이었던 김주연 선생이 내게서 본 것은 가능성이었지 완성도가 아니었다. 하지만 가능성을 본다는 것은 말처럼 쉬운 일이 아니다. 차라리 완성도를 평가하기가 한결 쉽다. 나는 아직도 가능성을 보아내는 데 자신이 없고, 그래서 신인을 대상으로 한 이런 종류의 심사에 임하면 항상 불안하다. 이번 심사에서도 그런 불안으로부터 자유로울 수 없었다.

　『악어떼가 나왔다』는 확실히 완성도라는 측면에서 약점이 있다. 우화 구성에 여기저기 부분적 무리가 있고 문장이 거칠며(의도적인 거칢이었을 수도 있겠지만 설사 그렇다 하더라도 여전히 문제일 정도로) 많이 다듬을 필요가 있다. 그러나 강렬한 작의와 거침없는 발상, 통쾌한 추진력, 그리고 이것들을 가지고 세상과 맞서는 치열한 태도가 좋게 보였고 자기만의 가능성을 폭넓게 내장하고 있는 것으로 느껴졌다. 소설의 왜소화를 뛰어넘는 방향으로 이 작가가 기여할 몫이 분명히 있으리라 생각된다. 그 몫의 크기는 이 작가의 앞으로의 노력에 달려 있을 것이다. 정진을 바란다.

　　　　　　　　　　　　　─성민엽(문학평론가, 서울대 중문과 교수)

다시, 새로운 소설의 출현

『악어떼가 나왔다』는 코믹잔혹극을 연상시키는 알레고리 소설이다. 이 소설은 자신이 말하고자 하는 바를 미리 정해놓고 그것을 전달하기 위한 모든 방법을 동원한다. 한편으로는 현실원리 바깥의 극한상황을 만들어내거나 아니면 현실과 비현실의 경계를 서슴없이 넘나든다. 하여, 이 소설에는 도발적이고 기발한 상황들이 수시로 출몰한다. 한 실종된 아이의 배꼽에 있는 악어 문양의 점 때문에 전국에 문신 열풍이 불고, 한 남성은 실수로 죽인 여성의 몸을 절단하여 한강에 내다버리며, 그 남성의 딸인 한 여성은 자신의 미모를 완성하기 위해 희열에 차서 다리를 자르러 병원에 들어서고, 결국 다리를 자른 그 여성이 절망으로 자살을 위해 한강에 뛰어드는 순간 한강에서 시체 무더기가 떠오르고, 그때 떠오른 시체 때문에 그 여성의 아버지는 체포된다. 이처럼 『악어떼가 나왔다』의 소설적 상황은 대단히 잔혹하되 한편으로는 코믹하다. 또는 코믹하되 잔혹하다.

그런데 이 소설의 힘은 코믹하면서 잔혹한 사건들이 읽는 이들을 비감에 빠뜨린다는 점에 있다. 그것은 이 소설의 범상치 않은 주제와 관련이 깊다. 이 소설에서 말하고자 하는 바는 이런 것처럼 보인다. 뭐랄까 환유적 인식이 지니는 폭력성 같은 것. 이 소설에서 집요하게 반복되는 장면은 이미지나 부분이 전체를 삼켜버리거나 인간의 부속물인 도구가 반대로 인간의 운명을 결정하는 장면들이다. 배꼽의 악어 문양이 곧 아이를 대표하고 휘어진 다리가 그 사람의 인격을 장악한다. 부분이 전체를 대체하는 순간 나머지는 모두 잉여가 되고 이 잉여 혹은 전체는 잔혹하게 어디론가 버려진다. 『악어떼가 나왔다』는 이렇게 우리의 삶을 규율하는 모더니티를 환유적 인식론으로 새롭게 읽어내거니와 더 나아가 그 환유적 인식론의 결과물인 절단된 몸이나 몸 전체를 삼켜버린 신체의 부분들을 통하여 모더니티 특유의 도구적 이성을 충격적이고 날카롭게 비판한다. 이제 처음 소설을 시작하는 신예가 최근 트렌드처럼 번지고 있는 코믹잔혹극의 형식을 빌려 이처럼 높은 수준에서 현실의 부조리를 직시하고 묘파할 수 있다는 것은 대단한 자질로 보인다. 해서 이렇게 말할 수 있을 듯하다. 『악어떼가 나왔다』는 또 한 명의 당돌하면서도 뛰어난 문학적 개성의 출현을 알리는 바로 그 소설이라고.

— 류보선(문학평론가, 군산대 국문과 교수)

미스, 모호로비치치

박민규(소설가)

당신은 누구십니까, 나~아는

그녀도 말없이 창 밖을 바라보았다.

그런 인터뷰를 하고 싶었다. 묻는 작가도 답하는 작가도 별말 없이 — 이를테면 좋은 날씨입니다. 네, 확실히. 그리고 둘 다 침묵. 그래서 나는 그녀를 만났는데 도무지 어떤 사람인지 알 수 없었다. 한 가지 확실한 건 그 순간 우리가 투영된 저 창 밖에 산뜻한 봄이 충만했다는 사실 — 이를테면 그렇게, 말이다.

스물다섯 살이라구요? 스물다섯 살요. 나이를 물어보고는 끄덕끄덕 인터뷰어를 자청했다. 앞뒤 잴 것도 없이, 스물다섯 살은 굉장한 나이라는 생각이 들어서였다. 어떤 표정의 어떤 느낌일까. 서른여섯에 겨우 작가가 된 나 같은 인간으로선 도무지 상상이 가지 않았다. 당선작이 된 원고는, 그래서 당연히 읽지 않았다.

원고를 읽지 않은 이유는 두 가지다. 읽었다는 이유로 또 작품이나 논하고 자빠질까봐. 또다른 이유는 혹 작품을 읽고 나서 너무 실망이에요, 일방적으로 취소를 통보하고(이런 짓 잘한다) 집에서 자빠질까봐, 였다. 그래서다. 과연 그날은 온통 봄으로 충만해 있었다. 작가와 작가가 만나 당신은 누구십니까, 나~아는 — 놀이를 하기에는, 정말이지 봄이란. 아아 봄이란.

그래서 그녀를 만났다. 아, 안녕하세요. 예, 안녕하세요. 그리고 역시나 좋은 날씨입니다, 라고 나는 중얼거렸다. 네. 확실히 그녀는 그런 대답을 했으며, 과연 창 밖은 산뜻한 봄으로 충만해 있었다. 그리고 나는 아무 말도 하지 않았다. 사방 십 리의 절반은 오리나무이고, 그 나무 위에서 우는 산새의 울음 같은 것이 귓속을 울리는 느낌이었다. 자꾸만 시간이 지나갔다. 변덕이 인 것은, 그러니까 시시하다는 느낌이 든 것은, 한 잔의 커피를 거의 다 마셨을 무렵이었다. 시시해. 예상과는 달리, 확실히 그런 느낌이 들었다. 아아, 정말 시시해.

자괴감이 들었다. 나라는 인간 때문에, 망쳤다…… 눈앞에 앉은 이 불운한 신인작가의 두 눈을, 그래서 나는 쳐다볼 수 없었다. 십 리의 절반은 오리나무, 산새는 왜 우노, 오리나무 위에서. 산새가, 산새 소리가 창 밖에서 들려왔다. 저기, 라고 운을 뗀 것은 순전히 그래서였다. 일이…… 이렇게 된 마당에…… 일이, 이렇게 된, 마당이라구요? 그리고 그녀는 입을 가린 채 막 웃기 시작했다. 무언가 사과의 뜻으로 꺼낸 말이었는데, 바로 그 웃음 때문에 뜻밖의 말이 튀어나왔다. 하고 싶은 말이 있으면…… 하세요. 창 밖은 정말이지 산뜻한 봄이었다.

누가 보냈니?

고개를 옆으로 빼고 막 웃었다.

그러니까 대규모 사기단에 둘러싸인 느낌이에요. 사기단? 사기단! 왜, 그런 거 있잖아요. 최신장비를 갖추고 수도 엄청 많고…… 최신장비인 녹음기(모델명 M-427)를 만지작거리며, 아무튼 나는 멋진 대답이라고 생각했다. 그게, 그러니까 어떤 겁니까? 그냥 여러 명이 에워싸고 거짓말하는 느낌…… 그런 거요. 먼저 당해보셨잖아요? 먼저, 당해보지 않았냐고 이번엔 그녀가 나에게 물어왔다. 오브 코스, 웃으며 고개를 끄덕이긴 했지만, 그러니까, 나는 그때 어떤 생각을 했었던가,

아아 나는…… 그래 세상은 참 아름다운 곳이야, 라고 생각하지 않았던가(이런 젠장). 뭔가 밑진 듯한 마음이, 그래서 괜히 미안한 마음이 나는 들었다. 그렇지 뭐, 자포자기의 심정으로 나는 그녀의 말을 경청하기 시작했다. 하고 싶은 말…… 계속 하세요. 창 밖은 어차피 산뜻한 봄이었고, 사방 십 리의 절반인 대규모 사기단에 둘러싸인 느낌이, 그래서 나도 뭉게뭉게 들기 시작했다.

달라진 건 없어요. 아직은, 그래요. 처음엔 문학을 피하고 싶었어요. 막상 시작하면서도 무서워 손을 못 댔어요. 자꾸 도망 다니고…… 또 한편으론 아 발목 잡혔구나, 못 나가겠구나. 그리고…… 재능도 없거든요. 그런데 왜 그런 거 있죠, 가진 것도 없는데 욕심이 나는 거. 아 나는 안 되겠구나, 포기하고 살다가도 어느 순간 눈을 돌리면 계속 거기 있는 거…… 그렇다고 달려가거나 다가온 것도 아니고, 또 내가 달려간다 해서 가까워지는 것도 아니고…… 늘 거리를 유지한 채 거기 있는 거…… 느낌도 오려면 오고 말려면 말고…… 그런 식이고, 그래서 늘 무서웠어요.

지금도 무서워요. 요만큼도 가까워졌다고는 생각지 않으니까. 설상가상, 이제는 두려운 것에 대한 두려움 같은 것도 더해지고…… 그게 왜 두려운지 모르니까, 게다가 그걸 깰 방법을 모르니까 더 두렵고…… 예, 근본적으로 언제나 두렵고, 두려웠어요. 앞으로도 그럴 거라 생각해요. 앞날은, 글쎄 뭐…… 이제 시작하

는 발걸음이니까…… 알고 싶은 건 내 속에 있는 소설이 어떤 것
인지…… 그걸 확실히 알고 싶어요. 내가 쓰고 싶은 것과 쓰고자
하는 것, 그래서 쓴 것이 내 속에 담겨 있는 소설과 일치하는지 어
떤지를요.

　관심사는…… 글쎄요, 없어요. 취미는, 취미도 뭐가 있을까
요? 쓰고 싶은 자기 얘기 같은 것도 없어요. 너무 뻔하고…… 딱
히 좋아하는 것도 없고, 그래요. 게다가 변덕이 굉장히 심해요. 인
간관계에 있어서나 관심사에 있어서나. 그래서 단편이 더 좋아요.
장편은 집요한 관심사가 있어야 하는데…… 나야 뭐 주로 분산되
어 있으니까. 그래서 괴롭히기가 시작되는 거예요. 특히 단편 쓸
때…… 쓰다가 오늘 몸이 지쳤는데도, 내일 갑자기 변덕이 일면
어쩌지? 그래서 너가 감히 자려구? 스스로에게 겁주고…… 잠
안 자고.

　다만 내가 쓸 글의 성질 같은 것, 아무래도 복종이나 순응, 화
합…… 그런 쪽은 아닐 것 같아요. 뭔가…… 그런 게 싫어요. 내
가 평생을 살아도 못 할 그런 거…… 그런 생각과 행동, 말 못 할
그 무엇…… 그런 걸 내 소설 속에 넣고 싶어요. 실은 그게 글을
쓰는 하나의 원인일지도 모르겠어요…… 즉 그냥 살다가……
결국 그런 게 쌓이면 큰 사고를 칠 것 같으니까, 그걸 소설에 다
집어넣는 거예요. 그 속에서 다 녹이고…… 그래서 실제의 나 자
신은 평범하게, 다치지 않고 안전하게 살고 싶어서 쓰는 건가? 아

뇨, 잘 모르겠어요. 아무튼 나 자신도 불안정하고, 뭔가 닿으면 뒤틀리고 틀어지고 하니까.

하니까, 에서 그녀는 잠시 가만히 있었다. 아니 가만히 있은 건 아니고, 눈을 깜박깜박했다. 알고 보니 말이 끝난 것이었는데, 나는 순간 그녀가 나를 의심한다는 생각이 들었다. 그래서 뜨끔, 했다. 실은 얼마 전부터 복종과 순응, 화합 그 자체라고 할 수 있는 새 소설을 구상하고 있었다. 나는, 그랬다. 나는 뭐 서른여덟이기도 해서, 그랬다. 아무튼 나 자신도 그만 불안정해져 머릿속이 어지러웠다. 비치—아무런 이유도 까닭도 없이, 그래서 그 순간 '비치'라는 단어가 산새의 울음처럼 머릿속에 떠올랐다. 비치, 라니. 왜 그런 단어가 갑자기 떠오른 걸까, 나는 알 수 없었다.

내일은 내일의 해가

비치발리를 십 년 해도 서른다섯 살!

다시 우리는 침묵했다(실은 그녀도 심하다 싶을 정도로 말을 아끼는 편이었다). 말하면 뭐 해, 나도 다시 그런 생각이 들기 시작했다. 스물다섯 살이란— 그녀가 등단을 하고, 이런저런

발언을 하고, 이런저런 생각을 가지고 있더라 — 로 규정짓기에
는 너무나 불연속적이고 멋진 나이라는 생각이 들어서였다. 이
를테면 오늘 인터뷰를 마치고, 내일은 내일의 브라질 행 비행기
에 몸을 싣는다. 브라질 간다, 가서 갑자기 뜻하지도 않게 비치
발리볼의 세계에 흠뻑 빠져든다. 그래서 한 십 년, 선수로 맹,
활약한다. 세계적인 선수가 된다, 월드 그랑프리에서 우승하고
몸과 정신은 이미 철인의 경지, 그리고 은퇴를 한다 해도 뭐 한
서른다섯. 다시 그때부터 브라질리언하고, 비치발리한 소설을
쓰는 것이다. 한편 그러다가도, 또 복종이나 순응, 화합 그런 게
싫기도 해서 격투기의 세계에 뛰어든다. 비치발리로 다져진 체
력에 소설가 특유의 집중력과 집요함이 더해져 승승장구, 국내
최초의 러시안 탑 팀 유학생이 된다거나, 혹 돌아와 일원동 소
재의 부지에 매머드 급, 매머드 급의 주짓수 도장을 차려봐야
서른아홉. 다시 그때부터 그래플러한 소설을 쓸 수도 있는 것이
다. 내버려둘 수밖에 없는 거잖아. 눈앞의 현실을 나는 서서히

원고? 좀더 기다려. 암바 두 번만 더 걸고.

깨닫기 시작했다. 글
쓰는 거 말이죠……
멋진 일이죠? 침묵을
깨고 나는 그런 말을
던졌다. 정말 멋진 일
이에요. 격투기를, 비

치발리를 배우기도 전의 그녀가, 마치 신인작가처럼 그렇게 대답했다.

학부에선 역사학을 전공했다. 운전면허는 없다. 부모님과 함께 산다. 가족과의 관계는 좋은 편이다. 막내다. 수두를 앓았다. 많이 가려웠다. 참고 넘기려 했는데 그만 딱 보이는 곳에 자국이 생겨버렸다. 무섭고 두려웠는데 늘 문학이 그 자리에 있었다. 외면했다. 그러다 딱 한 번 문창과란 곳의 수업을 듣기로 했다. 말도 안 되는 수업을 예상하고, 실컷 비웃고 넘어가자, 그래서 역사에 전념하자, 마음먹었다. 딱 한 번 듣기로 한 그 수업이 그만 늪이 되었다. 박범신 선생의 수업이었다. 힘들면 도망치지 않을까? 아예 시작도 안 하는 게 어떨까? 그리고 일이, 그만 이렇게 되어버렸다. 미래에 대해선 특별히 생각지 않는다. 물론 지금 그렇다는 얘기다. 현재로선, 현재로도 급급한 거 같다. 변해봐야 얼마나 변할까요? 사람이 변할까요? 그렇게 되물었다. 그래도 진화는 인정하는데, 치사하게 그런 건 인정하면서 속으로는 그런다고 고쳐 말했다. 아니 실은, 십 분 전의 나랑 십 분 후의 내가 틀려요, 라고 말했다.

그녀의 그런 불연속성이, 무엇보다 나는 마음에 들었다.

모호로, 비치치

도무지 그녀를 알 수 없었다.

왜 '비치'라는 단어가 떠올랐을까. 최신장비인 녹음기를 정지시키며 나는 다시 생각을 거듭했다. 밀라 요보비치를 비롯한 몇 개의 비치가 떠올랐지만, 그야말로 그녀와는 아무런 상관이 없는 것들이었다. 소도(蘇塗)라고 있는데요. 녹음을 멈추고 나자 그녀는 한결 이런저런 얘기를 들려주기 시작했다.

옛날 삼한시대 때, 그러니까 말하자면 신성불가침 지역이에요. 어떤 죄를 지어도 그곳으로 도망치면 처벌을 할 수 없는 거죠. 잡아오지도 못하고. 마치 소설 같군요. 소설 같기도, 해요. 제일 가보고 싶은 곳이 바로 소도예요. 그것도 상상도 못 할 큰 죄를 저지르고 들어가는 거예요. 막 도망쳐서…… 뭐랄까 그런 기분을, 복종과 순응, 화합 그 자체인 나로서는 알 길이 없었지만, 그 순간 나는 '비치'의 정체를 비로소 파악할 수 있었다. 그것은 바로 모호로비치치 불연속면이었다. 염통이 꿈틀했다. 이런 전문적이고 학술적인 단어를 떠올린 것은 인생을 살면서 처음이었기 때문이다.

지각과 맨틀 사이의 경계를 뜻하는 이 말은, 그것을 처음 발견한 크로아티아의 지질학자 안드리야 모호로비치치의 이름에서

164

따온 것이다. 그는 세르비아에서 발생한 지진파가 진원(震源)에서 천 킬로미터 이상 떨어진 관측소에 더 빨리 도착한다는 사실을 알아차렸다. 그리고 그것이 지진파가 이동중에 갑자기 고속대(속도가 빠른 영역, 즉 모호면)로 들어갔기 때문이었음을 밝혀내었다. 물론 이 정도의 설명은 백과사전을 토대로 한 것이지만—아무튼 그런 이유로, 나는 그녀가 지각도 맨틀도 아닌 모호로비치치 불연속면이란 느낌을 계속해서 지울 수 없었다. 그녀는 지각처럼 굳어 있지도, 맨틀처럼 출렁이지도 않았다. 즉 말하자면 그렇다는 얘기지요, 미스 모호로비치치.

나는 그것이 신인이라고 생각했다. 마치 소도처럼, 평균 지하 삼십 킬로미터에 있는 모호면은—그래서 어느 층보다도 빨리 지진파를 전달시킨다. 자, 전달해주세요. 충격을 받아야, 진원지가 감이 잡혀요. 불연속적으로, 또 그것이 당신의 특성이니까. 그래서 도무지 그녀를 알 수는 없었지만, 여파를 받은 나 역시도 조금은 굳지도 출렁이지도 않게 된 느낌이었다. 그런데 굴려라 왕자님 해보셨나요? 인터뷰를 정리하면서 내가 물었다. 그게 무슨…… 게임인가요? 맞습니다, 게임입니다. 아마도 그것이, 인터뷰의 마지막이었다는 생각이다. 왜 이런 식이 된 건지는, 이제 찬찬히 『악어떼가 나왔다』를 읽으며 비로소 생각해봐야겠다.

나와는 상관없는 모호로비치치 박사.

집으로 돌아온 나는 그러나 그녀의 작품을 읽지 않았다. 실은, 그녀의 작품을 읽었기 때문이었다. 굳거나 출렁이거나, 복종이나 순응, 화합에 의해 지각화되어가는 나 같은 인간으로선, 실은 그래서 아무 말도 하고 싶지 않았다. 미안해요 미스 모호로비치치, 그러나 일이 이렇게 될 줄은 몰랐어요. 굳거나 출렁이지 않고서, 굳거나 출렁이게 하고 싶지 않았어요. 그런데 왜 나왔냐구요. 나보다 더한 놈이 당신을 굳거나 출렁이게 할까봐 그랬어요. 미안해요, 미안하지 않아요. 그런데 과연, 더 빠르게 무언가를 전달시켰나요? 아직도 진원지는 밝혀지지 않았나요? 나는 오늘 브라질 행 비행기를 타요.

― 박민규(소설가)

문학동네 장편소설
악어떼가 나왔다
ⓒ 안보윤 2005

1판 1쇄 │ 2005년 6월 17일
1판 4쇄 │ 2014년 3월 7일

지은이 안보윤
펴낸이 강병선
책임편집 조연주 이영볼
마케팅 정민호 나해진 이동엽 │ 온라인 마케팅 김희숙 김상만 한수진 이천희
제작 강신은 김동욱 임현식 │ 제작처 영신사

펴낸곳 (주)문학동네
출판등록 1993년 10월 22일 제406-2003-000045호
주소 413-120 경기도 파주시 회동길 210
전자우편 editor@munhak.com │ 대표전화 031)955-8888 │ 팩스 031)955-8855
문의전화 031) 955-3576(마케팅) 031) 955-8864(편집)
문학동네카페 http://cafe.naver.com/mhdn

ISBN 89-8281-997-5 03810

www.munhak.com

한국문학을 이끌어가는 힘! 문학동네소설상 수상작

제1회 새의 선물 은희경

대형 신인의 포문을 연 한국문학의 대표작가 은희경의 탁월한 역량이 유감없이 발휘된 수작. 일상 속에 숨겨진 허위와 생에 대한 가차없는 시선, 시종 웃음을 자아내는 해학적 문체와 치밀한 심리묘사가 돋보인다.

* 책이랑 선정 좋은 청소년 책
* 전문가가 뽑은 90년대 책 100선

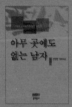

제2회 아무 곳에도 없는 남자 전경린

읽는 이를 저 두려운 낯섦 속에 빠뜨리고, 뜨거운 정염의 불길로 서슴없이 충격을 가하는 귀기의 작가 전경린의 첫 장편소설. '심장에서 그대로 뛰어나온 소설'이라는 평가를 받은 화제의 작품으로, 시종 흐트러지지 않는 호흡과 강렬한 문체가 읽는 이를 사로잡는다.

제3회 예언의 도시 윤애순

혁명과 사랑, 음모와 배반이 뒤엉킨 장대한 비극적 대서사시. 힘있는 주제의식과 뛰어난 서사성을 구비하고 있는 작품으로, 다양한 등장인물의 욕망과 관능의 에너지가 원색적인 아름다움과 비의적 색채 속에 녹아들어 있다.

제5회 숲의 왕 김영래

신화적인 관점에서 '인간'을 복원하고 있는 소설. 자연의 생명력을 묘사하는 시적인 문장은 충격적인 아름다움을 느끼게 하며 인간의 삶에 관한 통찰력은 잠언과 경구의 깊이로 다가온다. 신성한 자연의 음성을 들려주는 듯한 이 소설은 가히 우리 소설의 충격이다.

제8회 그녀는 조용히 살고 있다 이해경

거침없는 구어체 문장, '오해의 연속'으로 이어지는 줄거리, 냉소와 조롱의 언어를 통해 좌충우돌 갈팡질팡의 횡보로 꿍꿍대는 21세기의 소설가 지망생을 그려나간다. "쓴웃음과 함께 가슴 찡한 아픔을 자아내는" 풍경이다.

제10회 고래 천명관

소설에 대한 기존의 상식을 보기 좋게 훌쩍 비켜서는, 놀랄 만한 다채로움과 독특한 개성을 지니고 있다. 낯섦과 기이함, 동시에 상당한 당혹스러움과 저항감을 안겨주며 시작되는 이 소설은 이야기가 진행될수록 굉장한 흡인력을 발산하면서 결말까지 숨가쁘게 몰입하게 만든다.

* 한국간행물윤리위원회 선정 청소년 권장도서 * 한국문화예술위원회 선정 우수문학도서
* 한국출판인회의 선정 이달의 책

제11회 수상한 식모들 박진규

질주하는, 전복적인, 쾌활한 상상!
그들의 보복은 비장미가 없는 대신 유쾌했고, 폭력적이지 않았지만 잔혹했다. 그리고 모두 여성으로 이루어져 있었다. 그녀들의 집단을 우리는 '수상한 식모'라고 부른다.

* 한국문화예술위원회 선정 우수문학도서

제12회 캐비닛 김언수

최초로 심사위원 만장일치를 이끌어내며 '괴물' 같은 작가의 출현을 알린 화제작. 172일을 잠만 자는 토포러, 인생에서 며칠씩 시간을 잃어버리는 타임스키퍼, 남녀 성기가 한 몸에 있어 자가수정이 가능한 네오헤르마프로디토스……
상상불가의 변종들을 탄탄한 필력과 능청스런 입담으로 풀어놓는다.

* 2007 문화관광부 교양도서

제13회 달을 먹다 김진규

이해와 오해, 사랑과 사랑 아닌 것의 미묘한 간극이 불러온 치명적인 로맨스!
영정조시대를 배경으로 엄격한 법도와 완강한 신분질서가 작동하던 그 시절,
사랑에 죽고 사는, 금지된 사랑에 눈멀어 위험한 죽음충동에 몸을 맡기는 인간 군상의 모습을 그려 보인다.

* 한국문화예술위원회 선정 우수문학도서

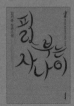

제15회 피리 부는 사나이 김기홍

"이 소설은 젊다."
엇갈리는 청춘의 사랑, 컴컴하고 단단한 알에서 깨어나게 하는 진하고 운명적인 우정, 정체 모를 사나이의 피리 소리를 뒤쫓아가는 진실조각 맞추기! 피리 소리를 따라 진실을 찾아가는 이 매혹적인 성장소설의 부름에 독자들은 기꺼이 뒤를 따를 것이다.

제17회 귀를 기울이면 조남주

'여기 없는 소리'를 듣는 아이, 바보아이 김일우의 휴먼다큐 〈더 챔피언〉 비하인드 스토리! 속물적 욕망에 길들어 몸살을 앓는 세계, 그 속에서 펼쳐지는 소시민들의 이 따뜻하고 현실적인 비극은 현대인이라면 오장육부처럼 달고 다니는 소외와 고독, 존재의 불안을 침울하지 않게, 발랄하게 보여준다.

제18회 체인지킹의 후예 이영훈

현실세계의 직접적인 질감보다는 가상세계의 정교함을 믿으며 희망보다 쉽게 절망을 인정하는 세대. 그 '체인지킹'의 후예가 바로 우리의 젊은 세대라는 사실을 통렬하게 지적하는 소설. 그러나 단지 그뿐인가? 그렇다면 살아갈 방법을 제대로 배운 적 없는 세대는 어떻게 어른이 되는가? 이영훈은 '특촬물'이라는 생소한 제재를 통해 그들만의 성장 방식을 강렬하게 드러낸다.